GOLDMANN

Die hübsche, aber mittellose Harriet Metcalf wird überraschend zur Verwalterin eines großen Vermögens bestellt. So will es das Testament des verstorbenen Sir Benjamin Hayner. Gleichzeitig überträgt er dem 25jährigen Mädchen die Verantwortung für seine beiden 18jährigen Zwillingstöchter Sarah und Annabelle bis zu deren Volljährigkeit.

Sir Benjamins Testament sieht außerdem vor, daß Harriet die Zwillinge in die Londoner Gesellschaft einführen soll. Zu diesem Zweck mietet die junge Frau ein elegantes Haus samt Dienerschaft in Londons feinem Stadtteil Mayfair.

Schon bald sind zwei wohlhabende Gentlemen, der elegante Marquis of Huntingdon und der stattliche Lord Vere häufige Besucher. Doch ihr Interesse gilt nicht Sarah und Annabelle, sondern ihrem Vormund Harriet. Die Zwillinge sinnen auf Rache.

MARION
CHESNEY

Saison der Eifersucht

Roman

Aus dem Englischen von
Claudia Rackwitz

GOLDMANN VERLAG

Deutsche Erstveröffentlichung

Titel der Originalausgabe: The Wicked Godmother
Originalverlag: St. Martin's Press, New York

Der Goldmann Verlag
ist ein Unternehmen der Verlagsgruppe Bertelsmann

Made in Germany · 2. Auflage · 9/89

Umschlaggestaltung: Design Team München
Umschlagillustration: Ballantine, New York
Satz: IBV Satz- und Datentechnik GmbH, Berlin
Druck: Elsnerdruck, Berlin
Verlagsnummer: 9291
Lektorat: Ria Schulte · Au/MV
Herstellung: Gisela Ernst/AS
ISBN 3-442-09291-4

1

Solch einen pikanten Skandal hatte das kleine verschlafene Dorf Upper Marcham noch nie erlebt.

Der Witwer Sir Benjamin Hayner, einer der Honoratioren des Ortes, war gestorben und hatte die Verwaltung seiner ausgedehnten Güter und seines gesamten Vermögens einer verarmten Dame aus gutem Hause, Harriet Metcalf, anvertraut. Miss Metcalf sollte die besagten Güter und das Vermögen verwalten, bis Sir Benjamins Zwillingstöchter, Sarah und Annabelle, einundzwanzig Jahre alt wurden. Die Zwillinge waren nämlich erst achtzehn. Harriet Metcalf war allerdings selbst auch nicht älter als gerade fünfundzwanzig.

Sir Benjamin war mit Harriets Eltern eng befreundet gewesen, und nach deren Tod hatte er Harriet oftmals nach ›Chorley Hall‹, seinem stattlichen Wohnsitz, zum Dinner eingeladen.

Aber kein Mensch – und am wenigsten seine zahlreichen Verwandten – hätte erwartet, daß er die Kontrolle über seine Hinterlassenschaft einem jungen Mädchen wie Harriet anvertrauen würde.

Die Tatsache, daß die Zwillinge an ihrem einundzwanzigsten Geburtstag selbst über alles verfügen konnten und Harriet dann von einem winzigen Einkommen aus einer Familienstiftung leben mußte, machte den Ärger nicht geringer.

Schließlich war Harriet Metcalf eine Abenteurerin und eine Dirne, man brauchte sie doch nur anzuschauen.

Ihr fülliges blondes Haar türmte sich wie eine dicke Wolke auf ihrem Kopf, und sie hatte riesige tiefblaue Augen. Ihre dunklen Augenbrauen waren schmal und geschwungen und ihre Wimpern lang und pechschwarz. Blonde waren nicht in Mode. Aber das war es nicht, was sie verdächtig machte.

Ihre Figur war geschmeidig und verführerisch. Sie hatte ein liebevolles Gemüt, aber die Leute im Dorf und die Verwandten behaupteten, daß jemand mit einer solchen Aura von Sinnlichkeit gar nichts anderes sein konnte als moralisch verwerflich. Sir Benjamin war ein gutaussehender Mann gewesen. Der Klatsch blühte und gedieh, als die Dorfbewohner ihre Vermutungen über die Beschaffenheit von Miss Metcalfs Beziehungen zu dem verstorbenen Sir Benjamin Hayner anstellten. (Lady Hayner war bei der Geburt der Zwillinge gestorben.)

Bisher war Harriet respektiert und sehr beliebt gewesen.

Daß den Verwandten die Trauben zu sauer waren, war zu erwarten gewesen, aber mit den Verdächtigungen und Feindseligkeiten der Dorfbewohner hatte Harriet nicht gerechnet, und sie verletzten und verwirrten sie.

All die Gerüchte stammten von den Zwillingen selbst. Sie waren eifersüchtig auf Harriet und so überzeugt davon, daß ihre Geschichten wahr seien, daß ihre üblen Nachreden durchaus glaubwürdig klangen. Sarah und Annabelle gingen bei der Verbreitung des Klatsches sehr umsichtig zu Werke, und niemand kannte die Quelle der Verleumdungen – am wenigstens Harriet, die die Zwillinge vergötterte und es als große Ehre betrachtete, daß sie ihr anvertraut waren, wenn auch nur für wenige Jahre.

Sir Benjamin hatte in seinem Testament verfügt, daß Harriet mit den Zwillingen nach London reisen sollte, um sie dort in die Gesellschaft einzuführen, und wenn sie während ihrer ersten Saison keinen Mann »abbekämen«, dann sollte sie sie ein zweites Mal präsentieren.

Die Beerdigung Sir Benjamins fand an einem bitterkalten Dezembertag statt. Harriet hatte danach mindestens zwei Wochen lang geweint, doch der Wunsch, das Beste für ihren alten Freund zu tun, hatte sie bewogen, ihre Tränen zu trocknen und darüber nachzudenken, wie sie die Mädchen in London groß herausbringen könnte.

Harriet lebte in einem Cottage am Rande des Dorfes. Es war klein, malerisch, Tudor und feucht. Bis zu ihrem siebzehnten Lebensjahr hatte sie mit ihren Eltern in ›The Grange‹, einem hübschen Haus im Queen-Anne-Stil, westlich des Dorfes gelebt. Das Leben war angenehm und ihre Zukunft gesichert. Es verstand sich von selbst, daß man Harriet in einen vornehmen Kurort mitnehmen würde, um sie dort in die Gesellschaft einzuführen und einen Gatten für sie zu finden, der mehr Wert auf Lebensstil als auf Geld legte. Mr. und Mrs. Metcalf bildeten sich viel auf ihren eleganten Stil ein. Mr. Metcalf pflegte oft zu sagen, die Metcalfs könnten ohne weiteres Herzöge oder Grafen sein, wenn sie Titel nicht für vulgär hielten. Harriet fand den Snobismus ihrer Eltern nie auch nur im geringsten sonderbar. Da sie ohnehin nicht besonders zu Kritik neigte, liebte und gehorchte sie ihren Eltern und konnte gar nicht verstehen, warum ihre Gespräche, Kleider und Umgangsformen für Sir Benjamin eine nie versiegende Quelle der Belustigung waren. »Die Metcalfs sind unterhaltsamer als das Amphitheater von Astley«, pflegte er mit seinem fröhlichen Lachen zu sagen.

Daß seine Zwillingstöchter sie nicht mochten und eifersüchtig auf sie waren, wäre Harriet nie in den Sinn gekommen. Sie bewunderte viel zu sehr ihre vollendeten Manieren und ihre elegante Kleidung, als daß sie den Haß hinter der korrekten Fassade bemerkt hätte.

Nach dem Tod ihrer Eltern war sich Harriet ihrer beschränkten Verhältnisse nur allzu bewußt geworden. Ihre Eltern hatten ihr viele Schulden hinterlassen, und so mußten das Haus und die Möbel verkauft werden. Es blieb nur so viel übrig, daß sich Harriet das kleine Cottage kaufen konnte, in dem sie nun mit Beauty, einem großen, ewig sabbernden Bastard von reizbarem Charakter, lebte. Harriet liebte Beauty; sie fand menschliche Wesen oft unberechenbar und verwirrend, fühlte sich aber geborgen in der sicheren Ergebenheit dieses schwarz-braun gefleckten Hundes, der ihre Liebe erwiderte, während er jeden anderen auf der ganzen weiten Welt haßte.

Es gab wenige feine Leute im Dorf, und ganz sicher gab es kein Mädchen in Harriets Alter, das ihre Eltern als gesellschaftlich gleichwertig eingestuft hätten, und so spürte Harriet das Fehlen von Freunden bitter, als Sir Benjamin starb. Bevor das Testament verlesen wurde, war sie mit den meisten Dorfbewohnern immerhin flüchtig bekannt gewesen, aber jetzt mieden sie alle, und rätselhafterweise sahen sogar die Ladeninhaber sie scheel an.

Alle Männer, die um ihre Hand angehalten hatten, als ihre Eltern noch lebten, waren von diesen als »äußerst unpassend« abgewiesen worden, und jetzt schien es keinen Mann in der Gegend mehr zu geben, der eine alte Jungfer von fünfundzwanzig Jahren heiraten wollte, die nicht einmal eine Mitgift besaß.

Harriet war jedoch nicht ganz und gar allein. Eine seltsame Freundschaft war zwischen der sanften und lieblichen Harriet und einer furchteinflößenden Jungfer namens Miss Josephine Spencer, die ebenfalls in der Gemeinde Upper Marcham lebte, aufgeblüht. Miss Spencer war seit zwei Monaten zu einem Kuraufenthalt in Bath; Harriet hatte ihr geschrieben, bis jetzt aber noch keine Antwort erhalten.

Harriet wollte die Zwillinge nicht mit ihren Sorgen belasten – sie hatten sicherlich genug damit zu tun, den Tod ihres Vaters zu verwinden. Sosehr Harriet Sarah und Annabelle auch bewunderte, im Grunde wünschte sie, Sir Benjamin hätte nicht ausgerechnet sie dazu ausersehen – in einem lächerlich jungen Alter –, Vormund der Zwillinge zu werden.

Eines Nachmittags, es schneite in großen Flocken, saß sie in dem kalten und spärlich möblierten Salon ihres Cottage und fragte sich, was in aller Welt sie als nächstes tun sollte. Plötzlich hörte sie aus dem Vorgarten Wutschreie und lautes Gebell.

Das ist Beauty, dachte Harriet bestürzt.

Sie lief und öffnete die niedrige Haustür ihres Cottage. Auf der Schwelle stand eine erzürnte Miss Josephine Spencer, die mit ihrem Schirm auf Beautys dichtbehaarten schmalen Kopf einschlug.

»Oh, Josephine!« rief Harriet aus, die zu den wenigen Leuten gehörte, die Miss Spencer mit dem Vornamen anreden durften, »Komm herein. Sitz, Beauty! Böser Hund!«

Beauty rollte sich auf den Rücken und streckte alle viere von sich, so daß er es schaffte, nicht nur wie ein toter Hund auszusehen, sondern wie einer, bei dem die Leichenstarre bereits eingesetzt hat.

»Nun schau dir mein Cape an!« wütete Miss Spencer. »Der Teufel soll das Vieh holen.«

»Es tut mir ja so leid«, sagte Harriet, während sie Josephine in den Salon bat. »Aber schau, dein Cape ist nur am Saum aufgerissen. Wenn du es mir gibst, habe ich es im Nu geflickt.«

Miss Spencer nahm ihr Cape ab. »Ich weiß nicht, warum du diesen Hund behältst. Er taugt nicht zum Jagen, er taugt nicht als Haustier, er ist böse, gierig und gemein. Wenn er mir gehörte, würde ich ihn erschießen. Du weißt, daß ich das Biest hasse. Habe ich das nicht immer gesagt? Weine nicht.«

Harriets blaue Augen hatten sich mit Tränen gefüllt. »Es ist nicht deswegen, Josephine«, schluchzte sie. »Ich wünschte, ich wäre so stark wie du. Ich fühle mich so schwach und dumm.«

»Nimm dich zusammen«, forderte Josephine sie bärbeißig auf. »Du weißt, daß einem letzten Endes nichts etwas anhaben kann, wenn man mutig ist. Du brauchst nur mich anzuschauen.«

Harriet trocknete ihre Tränen und musterte ihre Freundin.

Schwäche konnte Miss Spencer bestimmt keiner vorwerfen. Sie war eine ledrige Person mit einem gelblichen, faltigen Gesicht und kleinen, funkelnden schwarzen Augen. Keiner wußte, wie alt Miss Spencer war, wenn man auch annahm, sie sei in den Fünfzigern. Sie trug einen abscheulichen steifen Hut und ein Kleid aus weinrotem Samt, das recht abgewetzt war. Harriet hatte sie vor drei Jahren auf einem Kirchenfest kennengelernt. Bis heute wußte Miss Spencer nicht, was sie an der jüngeren Frau so mochte. Sie fand Harriet zu sanft und nachgiebig, aber vielleicht übernahm sie deshalb die Rolle einer Ratgeberin, und Harriet schätzte ihre offene, wenn auch oft recht burschikose Art.

»Hast du meinen Brief bekommen?« fragte Harriet und holte Nadel und Faden aus ihrem Nähkörbchen, nachdem sie den Schaden an Miss Spencers Cape begutachtet hatte. Ein jammervolles Heulen ertönte aus dem Garten. Beauty, der dachte, daß nun genug Zeit verstrichen und jetzt alles vergeben und vergessen sein müßte, begehrte Einlaß.

»Laß den gräßlichen Bettvorleger noch ein Weilchen da, wo er ist«, sagte Miss Spencer. »Ja. Ich habe deinen Brief bekommen – letztendlich. Die Harrisons, bei denen ich wohnte, nehmen an, daß ihre gesamte Korrespondenz aus Rechnungen besteht, und so haben sie deinen Brief einfach mit all ihren unbezahlten Rechnungen weggelegt und ihn erst vor ein paar Tagen entdeckt. Ich bin so schnell ich konnte herbeigeeilt. Das ist ja wirklich ein großes Glück. Wirklich.«

»Wie kannst du das sagen?« rief Harriet aus. »Die armen Zwillinge haben ihren Vater verloren. Ich soll die Verwaltung der Güter und des Vermögens übernehmen und die Mädchen in die Gesellschaft einführen, und ich habe keine Ahnung, wo ich anfangen soll.«

»Das Glück besteht darin: Bis die Mädchen einundzwanzig sind, kannst du ein komfortables Leben führen, schöne Kleider tragen und in einem guten Londoner Viertel wohnen, und wenn du Glück hast, machst du selber eine gute Partie.«

»Aber ich kann mir Kleider, die fein genug sind, um während der Londoner Saison die Anstandsdame zu spielen, nicht leisten.«

»Mein liebes Kind«, meinte Miss Spencer, »du nimmst das Geld dafür selbstverständlich aus dem Vermögen.«

»Das könnte ich nicht«, entgegnete Harriet. »Mrs. Draycott – Sir Benjamins Schwester, wie du weißt – hat nach der Verlesung des Testaments ganz laut gesagt, sie sei überzeugt, daß ich mein Schäfchen schon ins trockene brächte, bevor die Zwillinge mündig seien. Und auch die Dorfbewohner sind ganz seltsam und unfreundlich geworden. Ich habe mich schon gefragt, ob Mrs. Draycott sie gegen mich aufgebracht hat.«

»Mrs. Draycott lebt, wie du sehr wohl weißt, in der nächsten Grafschaft und spricht mit keinem Menschen hier im Dorf. Bist du sicher, daß es nicht die Mädchen sind, Sarah und Annabelle, die bösen Klatsch verbreitet haben?«

»Aber ja, ganz sicher!« rief Harriet völlig schockiert aus. »Du kennst sie natürlich nicht besonders gut, sie sind in allem, was sie tun, vollendete Damen, reifer als ich und viel weltklüger. Sie würden sich niemals dazu herablassen, zu klatschen.«

Miss Spencer schnaubte sich ausgiebig die Nase. Draußen ließ Beauty erneut ein jammervolles Geheul ertönen. »Ich muß ihn hereinlassen, liebe Josephine«, sagte Harriet. »Er wird dich nicht anrühren, wenn du mit mir zusammen im Zimmer bist. Du bist so lange fort gewesen, daß er dich vergessen hat. Er ist kein sehr intelligentes Tier, aber so gutherzig und mein einziger Freund, abgesehen von dir, deshalb –«

»Laß ihn herein«, brummte Miss Spencer mürrisch, »und dann können wir vielleicht endlich zur Sache kommen.«

Harriet eilte aus dem Zimmer, und aus dem winzigen Flur war verzücktes Gejaule und hingerissenes Pfotenscharren zu hören. Beauty kam sabbernd hinter Harriet herein, wartete, bis sie sich mit ihrem Nähzeug auf dem Schoß zurechtgesetzt hatte und legte sich dann sofort über ihre Füße, nicht ohne Miss Spencer mit einem kleinen, braunen, bärenhaften, feindseligen Auge zu betrachten. Miss Spencer blickte sich im Salon um und dachte – keineswegs zum erstenmal –, daß alle Männer Dummköpfe seien. Es war so typisch für einen Mann, so typisch für den verstorbenen Sir Benjamin, solch ein verrücktes Testament zu machen. Wieviel vernünftiger wäre es gewesen, der armen Harriet ein hübsches Sümmchen zu vererben und ihr damit eine gewisse Unabhängigkeit zu sichern.

Der Salon war so gemütlich, wie ihn Harriet mit ihren beschränkten Mitteln gestalten konnte. Ein dekorativer Herbstlaubzweig, in Glyzerin konserviert, glühte in einem Bronzekrug im Schatten des Kerzenlichts, in dem der Raum lag. Harriet besaß zwei elegante Sheraton-Stühle und einen Tisch mit Einlegearbeit, aber der unebene Boden war blank, und der Kamin mit all den verrußten Haken und Ketten verriet, daß er zum Kochen benutzt worden war, bevor man die winzige Küche angebaut hatte.

»Du wolltest zur Sache kommen«, forderte Harriet Miss Spencer sanft auf. Sie fühlte sich schon viel besser. Josephines Art, das Leben zu meistern, hatte etwas sehr Beruhigendes an sich.

»Als erstes müssen wir Sir Benjamins Anwalt aufsuchen«, sagte Miss Spencer. »Er wird es so einrichten, daß dir aus dem Vermögen eine ausreichende Summe gezahlt wird, damit du die Mädchen in entsprechend großzügigem Stil in die Gesellschaft einführen kannst. Er wird dir auch ein Haus für die Saison mieten können. Es wird nicht ganz leicht für ihn sein, eine Nobeladresse für dich zu finden, aber versuchen muß er es. Du darfst auch nicht hier wohnen bleiben. Als Vormund und Anstandsdame der Mädchen mußt du in ›Chorley Hall‹ wohnen.«

»Ich hatte das Gefühl, das wäre ein bißchen anmaßend.«

»Unsinn. Du hättest gleich umziehen sollen«, meinte Miss Spencer. »Jetzt ist es zu spät, sich darüber Gedanken zu machen. In London mußt du aber auf alle Fälle mit ihnen zusammen wohnen. Du mußt so zeitig wie möglich vor Saisonbeginn dort sein. Du mußt den Boden bereiten – das heißt, kleine Teegesellschaften geben, die tonangebenden Damen kennenlernen, vor allem alle Damen mit Söhnen im heiratsfähigen Alter.«

»Das flößt mir alles regelrecht Angst ein«, sagte Harriet. »Ich weiß nicht viel über die große Welt.«

»Nein, und über ihre Angehörigen auch nicht«, bemerkte Miss Spencer.

Sie sprach in scharfem Ton; Beauty wurde zu Harriets Füßen unruhig, zog die Lefzen zurück und fletschte die Zähne.

»Ich meine«, fuhr Miss Spencer fort, wobei sie Beauty aus den Augenwinkeln voller Abscheu betrachtete, aber ihren Ton vorsichtshalber mäßigte, »daß du die Hayner-Mädchen nicht sehr gut kennst. Ich weiß, daß du sagen willst, das sei lächerlich, aber denk einmal nach! Du hast nie wirklich mit ihnen gespielt, als ihr allesamt kleine Mädchen wart. Du hast sie nur in Sir Benjamins Gesellschaft gesehen. Ich habe die Leute sagen hören, daß sie ihrer Mutter nachgeraten, die ein gerissenes und boshaftes Weib war.«

»Josephine«, sagte Harriet, und eine feine Röte überzog ihr Gesicht, »ich bewundere Sarah und Annabelle schon seit langer Zeit. Sie haben etwas so Liebenswürdiges, Zartes und Feines an sich, das mir – ich muß es gestehen – fehlt. Ihr Benehmen in Gesellschaft ist tadellos. Ich bin schüchtern, und es fällt mir nie etwas ein, worüber ich mit den Leuten reden könnte. Sie haben mich immer willkommen geheißen und waren äußerst freundlich und mitfühlend, als meine Eltern starben.«

»Sie haben dich oft besucht, als du in ›The Grange‹ wohntest, sagte Miss Spencer. »Wie oft waren sie da, seitdem du hierher gezogen bist?«

»Was ist über dich gekommen, Josephine?« fragte Harriet vorwurfsvoll. Dann hellte sich ihre Miene wieder auf. »Ich weiß, warum du so reizbar bist. Du bist von der langen Reise müde, und außerdem haben wir nur über meine Sorgen gesprochen und kein Wort über deine Erlebnisse in Bath. Erzähl mir von all den Leuten, die da waren! Hat das Wasser dein Milzleiden kuriert?«

Miss Spencer, die zu ihrem Verdruß merkte, daß Harriets Loyalität gegenüber den Hayner-Zwillingen offenbar nicht zu erschüttern war, tröstete sich, indem sie ihre junge Gastgeberin mit einer beißend scharfen Beschreibung der Gesellschaft in Bath außerhalb der Saison unterhielt.

Harriet saß da und hörte zu, während sie den Riß in Miss Spencers Cape zu Ende flickte, froh darüber, daß ihre Freundin wenigstens nicht mehr an den Zwillingen Kritik übte.

Genau in diesem Augenblick betraten eine halbe Meile nördlich von Upper Marcham Sarah und Annabelle ihr Heim ›Chorley Hall‹, nachdem sie dem Anwalt ihres Vaters in der Bezirkshauptstadt einen vergeblichen Besuch abgestattet hatten.

Sie standen in der Eingangshalle, nahmen ihre Umhänge ab und lauschten auf das Geräusch der Unterhaltung, das aus dem kleinen Salon im Erdgeschoß drang. Sir Benjamins Schwägerin, Miss Giles, hatte sich nach dem Begräbnis eingenistet und zeigte keinerlei Anzeichen, abzureisen. Auch sein Bruder, Mr. Peter Hayner, und dessen Frau, Mrs. Amy Hayner, schienen hier bleiben zu wollen.

»Ich kann im Moment keinen von ihnen ertragen«, sagte Sarah. »Wir wollen in den oberen Salon gehen, Annabelle. Wir müssen Kriegsrat halten.« Sie wandte sich an den Butler. »Biggins, wagen Sie es ja nicht, irgend jemandem zu sagen, daß wir zurück sind.« Sie legte ihren Arm um die Taille ihrer Schwester, und zusammen stiegen sie die breite Eichentreppe hinauf.

»Was in aller Welt sollen wir bloß mit diesem lästigen Wesen, dieser Harriet, anfangen?« fragte Sarah, als sie die Tür zum Salon aufstieß. »Wirf ein frisches Scheit aufs Feuer, Annabelle, und klingle nicht dauernd nach den Dienern, sonst haben wir nie eine Chance, uns in Ruhe zu unterhalten.«

»Die Diener werden doch dafür bezahlt, daß sie was tun«, maulte Annabelle, aber sie war viel zu träge, um sich je mit ihrer durchsetzungsfähigeren Schwester zu streiten.

Die Hayner-Zwillinge hätten haargenau gleich ausgesehen, wenn ihr leicht unterschiedliches Naturell nicht ihr Aussehen geprägt hätte. Sarah war dünn und energiegeladen, während Annabelle eher mollig und lässig war. Sarah nahm immer alles sehr ernst, während Annabelle die Wechselfälle des Lebens meist hinnahm und nur gelegentlich murrte. Sie hatte sich daran gewöhnt, es Sarah zu überlassen, sämtliche Probleme in die Hand zu nehmen. In Gesellschaft war ihre Ähnlichkeit auffallender, da beide dasselbe Benehmen zur Schau trugen – eine Art wohlanständiger Weiblichkeit, mit der viel unterdrücktes Gekichere, Auf- und Zuklappen des Fächers, Rollen mit den Augen und Gespräche, die an der Oberfläche dahinplätscherten, verbunden waren. Kurz, sie verhielten sich so, wie man es von Debütantinnen aus gutem Hause nicht anders erwartete. Wäre ihre soziale Stellung niedriger gewesen, dann hätten sie als nicht besonders hübsch gegolten, aber eine Menge Geld verlieh ihrem Aussehen im Auge eines jeden Betrachters, der weniger zynisch als etwa Miss Josephine Spencer war, einen gewissen Glanz.

Beide hatten braunes Haar, das nach der neuesten Mode frisiert war; beide hatten gerade kleine Nasen und kleine Schmollmündchen. Aber beide neigten zu einem etwas fahlen Teint. Sie trugen Pastellfarben, die ihnen nicht schmeichelten, und die Kleider mit den hochangesetzten Taillen hingen lose um Sarahs dürre Gestalt und waren auch für Annabelles dickliche Figur unvorteilhaft, vor allem, weil sie es liebte, ihre Kleider zu eng nähen zu lassen.

Sie hatten von ihrem Anwalt, Mr. Gladstone, noch einmal erfahren, daß an den Testamentsklauseln nicht zu rütteln war. Sie sollten von Miss Harriet Metcalf in London in die Gesellschaft eingeführt werden, und es gab keine Möglichkeit, daran etwas zu ändern. Vergeblich hatte Sarah gewütet, daß Harriet eine Intrigantin sei, die ihren Vater verhext habe, und daß sie ihr Vermögen verschwenden und ihnen nichts übriglassen werde. Mr. Gladstone hatte entschlossen gesagt, daß Sir Benjamin der Meinung gewesen sei, Miss Metcalf sei die einzige anständige Frau, die es noch in Britannien gebe – eine Meinung, so sagte Mr. Gladstone, die er mit ihm teile. Die Verwaltung und Leitung der Güter würde wie zu Lebzeiten Sir Benjamins durch dessen Verwalter, Robert Wyckoff, erfolgen. Mr. Wyckoff würde selbstverständlich Miss Metcalf in allen Angelegenheiten zu Rate ziehen. Sarah sagte darauf, daß Miss Metcalf als Mädchen vom Land keinerlei Beziehungen habe und deshalb nicht dafür geeignet sei, sie während der Londoner Saison als ihre Anstandsdame zu begleiten. Mr. Gladstone erwiderte ohne Mitgefühl, daß er überzeugt sei, daß Miss Metcalf ihr Bestes geben werde, und wenn die Misses Hayner meinten, sie könnten es besser, dann brauchten sie nur zu warten, bis sie einundzwanzig waren.

»Meinst du nicht, daß es gescheiter wäre«, wagte Annabelle zu sagen, »ihr zu erlauben, uns nach London zu bringen, da wir keine rechtlichen Möglichkeiten haben?«

»Und ihr dabei zusehen, wie sie uns schröpft?« fragte Sarah.

»Ich mag sie auch nicht, Schwesterchen«, entgegnete Annabelle.

»Trotzdem wäre es vielleicht gut, nachzugeben. Sie ist nicht die süße Unschuld, die wir ihr alle abnehmen sollen. Sie hat sich in Papas Herz geschlichen und –«

»Und dafür soll sie uns büßen«, unterbrach Sarah sie und hielt die dünnen Hände über die Feuerglut. »Du hast manchmal wirklich gute Ideen, Annabelle. Wir wollen nach London gehen. Wir sind beide hübsch genug, um es mit den Gunter-Schwestern aufzunehmen. Am Ende der Saison sind wir wahrscheinlich beide verlobt.«

»Vergleich uns nicht mit den Gunter-Schwestern«, kicherte Annabelle. Die Gunter-Schwestern waren im Jahrhundert zuvor berühmt gewesen für die blendenden Partien, die sie gemacht hatten. »Weißt du, was eine von ihnen zu George II. gesagt haben soll? Der alte König beklagte sich, daß ihm Staatsakte zuwider seien, und eine der Schwestern sagte fröhlich: ›Ich mag sie auch nicht, Eure Majestät. Der einzige Staatsakt, den ich sehen möchte, ist die nächste Krönung!‹ «

Sarah schnappte nach Luft vor hilflosem Gekichere. Schließlich trocknete sie sich die Tränen, die sie gelacht hatte, und sagte: »Wir müssen dafür sorgen, daß Harriet uns nicht auf ihre hinterhältige Art die Schau bei den Gentlemen stiehlt. Sie hat es schließlich geschafft, daß Papa sie wie eine Tochter geliebt hat. Das kann ich ihr nie verzeihen. Wenn sie mit ihm kokettiert und er sie als Mätresse in Betracht gezogen hätte, wäre es leichter zu ertragen gewesen. Aber wenn sie so dasaß mit ihren blauen Augen und tat, als könnte sie kein Wässerchen trüben, habe ich mich jedesmal krank geärgert.«

»Und Papa wollte nicht ein Wort gegen sie hören.«

»Aber warte nur, bis wir in London sind, Miss Harriet Metcalf, da wirst du sehen, daß du nicht durchkommst, wenn du die Unschuld vom Lande spielst.« Sie tat so, als klemme sie sich ein Monokel ins Auge und starrte Annabelle hochmütig an. »Meiner Seel«, spottete sie mit tiefer Stimme, »wer ist denn dieses dümmliche Milchmädchen bei den schönen Hayner-Zwillingen?«

»Es ist wirklich zu köstlich«, sagte Annabelle und begann von neuem zu kichern. Sarah knuffte sie liebevoll, und dann rollten beide Schwestern auf dem Sofa herum und konnten sich nicht halten vor Lachen bei dem Gedanken an die wohlverdiente Strafe, die Miss Metcalf treffen würde.

Harriet und Miss Spencer wollten am folgenden Tag gerade Harriets Cottage verlassen, um dem Anwalt, Mr. Gladstone, einen Besuch abzustatten, als dieser Herr sie durch sein Auftauchen am Gartentor überraschte. Froh darüber, sich die Fahrt nach Barminster ersparen zu können, baten ihn die Damen in den Salon, wo Harriet all ihre Sorgen heraussprudelte. Mr. Gladstone konnte sie beruhigen. Die geschäftlichen Angelegenheiten der Güter würden wie bisher geregelt werden; er selbst würde die Verwaltung des Vermögens übernehmen. Harriet sollte so lange eine Unterstützung ausbezahlt werden, bis die Zwillinge mündig waren. Und was die Suche nach einem Haus für die Saison anging – Mr. Gladstone lächelte triumphierend und brachte aus einer seiner geräumigen Taschen ein zerknittertes Exemplar der *Morning Post* zum Vorschein.

»Ich habe mir die Freiheit genommen, auf eine Anzeige in dieser Zeitung zu schreiben«, sagte er. »Das annoncierte Haus liegt in einer guten Gegend, und der Preis ist sehr mäßig.«

Er zeigte auf eine Anzeige in der Zeitung.

Harriet und Miss Spencer beugten sich vor. Sie lasen:

> EIN HAUS FÜR DIE SAISON
> Herrenhaus, Clarges Street 67,
> Mayfair. Möbliertes Stadthaus.
> Gut geschultes Personal.
> Miete: 80 Pfund Sterling.
> Näheres bei Mr. Palmer, Holborn 25.

»Wunderbar!« sagte Harriet.

»Zu billig für solch eine Nobeladresse«, meinte Miss Spencer mit besorgtem Stirnrunzeln. »Ich frage mich, ob da nicht irgend etwas faul an der Sache ist.«

2

Es regnete schon seit Wochen ohne Unterlaß. Der Regen gluckste in den Dachrinnen und lief in Strömen die Rinnsteine in der Mitte der Londoner Straßen hinab. Der Regen trommelte ebenso erbarmungslos in den Slums von Seven Dials wie in den ruhigen Straßen von Mayfair.

Durch die Clarges Street arbeitete sich ein Pferdefuhrwerk und pflügte die Wellen des Sturzbachs, der sich durch die Straße ergoß, daß sie die Außentreppe von Clarges Street Nummer 67 wie ein Niagarafall im Kleinformat hinabstürzten und einen Schwall Schmutzwasser über die weißen Seidenstrümpfe des Lakaien Joseph gossen, der die Tür gerade in diesem Augenblick geöffnet hatte. Er stieß einen heiseren Schrei aus wie ein empörter Papagei und lief durch die Küche in die Gesindestube zurück.

»Schaut euch meine Strümpfe an«, kreischte er. »Schwarz wie Pech.«

»Zieh dir andere an«, sagte Rainbird, der Butler, gereizt. »Das ist doch kein Weltuntergang.«

Aber Joseph – groß, blond, verweichlicht und eitel – ließ sich nicht trösten. »Doch, es ist ein Weltuntergang«, sagte er trauernd, setzte sich neben Rainbird an den Tisch, zog einen Schnallenschuh aus und leerte das Wasser auf den Boden; dann zog er einen Strumpf aus und betrachtete seinen nackten Fuß so überrascht, als ob er ihn bisher nie richtig wahrgenommen hätte. »So was von Regen habe ich noch nie erlebt«, fuhr er in einem Tonfall gequälter Vornehmheit fort. »Regen, Regen, Regen, und kein Mieter für die Saison.«

»Was das betrifft«, sagte Rainbird bedachtsam, »so habe ich eine Mitteilung von Jonas Palmer bekommen, daß er uns heute aufsuchen will. Vielleicht hat er eine gute Nachricht für uns.«

Mehrere hoffnungsvolle Augen richteten sich auf ihn. Die Dienerschaft von Nummer 67 hatte gerade ihr Frühstück beendet. Außer Joseph und Rainbird saßen noch um den Tisch der Koch aus dem schottischen Hochland, Angus MacGregor; Mrs. Middleton, die Haushälterin; Jenny, das Zimmermädchen und Dave, der Küchenjunge. Es war eine merkwürdig gemischte Runde, die durch besondere Umstände zu einer engverbundenen Sippe, ja geradezu Familie, zusammengeschweißt war.

Clarges Street Nummer 67 galt immer noch als unglückbringende Adresse. Der Besitzer des Hauses war der zehnte Duke of Pelham, nachdem sich der neunte Duke hier erhängt hatte. Obwohl es gelungen war, das Haus in den letzten zwei Jahren während der Saison zu vermieten, hatten die dramatischen Ereignisse, die den Mietern zugestoßen waren, die elegante Welt davor zurückschrecken lassen, es als Stadtresidenz zu wählen. Palmer, der Hausverwalter, zahlte den Dienern Hungerlöhne, während er seinem jungen Herrn höhere in Rechnung stellte. Er hatte anstößige Dinge über Rainbird und Joseph herausgefunden und drohte, sie zu ruinieren, wenn sie versuchen sollten, zu gehen. Die Macht, die er über die anderen ausübte, bestand schlicht und einfach darin, daß er ihnen keine Referenzen gab. Und ohne Referenzen war es unmöglich, eine Stellung in London zu finden, und auch dann war es noch schwierig genug. Die Tochter der letzten Mieter, die jetzige Lady Tregarthan, hatte die Dienerschaft zwar mit wärmsten Empfehlungen versehen, aber sie wußten, daß kein Haushalt sie allesamt aufnehmen würde; und sie waren einander so verbunden, daß es ihnen widerstrebte, sich zu trennen. Statt dessen träumten sie davon, genug Geld anzusparen, um sich ein Wirtshaus kaufen zu können, das sie gemeinsam betreiben wollten.

Rainbird war der »Vater« der Familie. Er war ein gestandenes Mannsbild in den Vierzigern mit dem drahtigen Körper eines Akrobaten und dem Gesicht eines Komödianten. Mrs. Middleton – das »Mrs.« war in ihrem Fall ein Höflichkeitstitel – war die Tochter eines Vikars, der sein Geld und seine Stellung verloren hatte. Sie war, wie die Franzosen das so feinfühlig ausdrücken, eine Frau in einem gewissen Alter, mit einem verschreckten Kaninchengesicht, das meist von den riesigen gestärkten Rüschenhauben, die sie so gerne trug, überschattet war. Der Koch, MacGregor, stammte vom schottischen Hochland und war leicht erregbar – kurz, er hatte ein Temperament, das seinem feuerroten Haar entsprach. Jenny war dunkelhaarig, flink, mit raschen, fast hastigen Bewegungen. Im Gegensatz zu dem Zimmermädchen war Alice, das Hausmädchen, blond und anmutig, mit langsamen, bedächtigen Bewegungen und einer klangvollen Stimme. Die kleine Lizzie, die nun nicht mehr so sehr einem verwahrlosten Kind glich wie bei ihrem Dienstantritt, hatte ein blasses Gesicht, dickes nußbraunes Haar und die großen, vertrauensvollen Augen eines jungen Hundes. Sie saß neben Joseph, und nicht am Tischende, an das sie eigentlich gehört hätte – aber die Diener hielten sich, wenn das Haus nicht vermietet war, nur gelegentlich an die Rangfolge. Obwohl sie bloß das Spülmädchen war, wurde sie von den anderen mit einer gewissen rauhen Zuneigung behandelt. Dave, der Küchenjunge, war ein verhutzelter kleiner Cockney. Er war erst vierzehn, und seine Kinderjahre als Lehrling eines Kaminkehrers hatten sein Wachstum gehemmt und sein Gesicht früh altern lassen.

Alle haßten sie Jonas Palmer, den Agenten des Duke of Pelham. Dabei war es ihnen nicht klar, daß der junge Duke, der ein größeres Stadthaus am Grosvenor Square bewohnte, gar nichts von ihnen wußte. Sie hatten gehört, daß der Duke sein Studium an der Universität Oxford beendet hatte und daß er nun auf der Pyrenäenhalbinsel Napoleons Truppen bekämpfte.

Obwohl die Abenteuer der Mieter in den letzten beiden Jahren glimpflich abgelaufen waren, schien das Haus den Ruf, seinen Bewohnern Unglück zu bringen, nicht verloren zu haben; und in einer Epoche, in der die Spielleidenschaft hohe Wogen schlug und der Aberglaube in voller Blüte stand, bedeutete das, daß die Zukunft der Dienerschaft weiterhin unsicher war. Der neunte Duke of Pelham hatte sich hier erhängt, und das allein hätte schon genügt, um das Haus mit einem Fluch zu belegen, was wiederum bezeichnend für die Klassenunterschiede war. Diener begingen nämlich häufig Selbstmord, aber ihr freiwilliger Tod brachte das Haus ihres Herrn keineswegs in schlechten Ruf. Wenn ein Adeliger dagegen Selbstmord beging – nun, das war natürlich etwas ganz anderes.

Die Diener waren von einer erfolgreichen Saison ebensosehr, wenn nicht mehr, abhängig wie eine ehestiftende Mama. Wegen ihrer Hungerlöhne freuten sie sich auf die Trinkgelder, die während der Saison im allgemeinen reichlich gegeben wurden. Rainbird stand auf. »Wir tun gut daran, uns davon zu überzeugen, daß das Haus in tadellosem Zustand ist, bevor Palmer kommt«, sagte er.

»Es würde dir besser anstehen, Joseph, wenn du dich an die Arbeit machtest, statt auf der Straße herumzuplanschen.«

»Ich bin doch nicht einmal bis auf die Straße gekommen«, jammerte Joseph, und sein natürlicher Cockney-Akzent klang wieder durch.

»Ich hab' nur die verdammte Tür aufgemacht, und schon hat mich ein Sturzbach überschwemmt.«

»Warum hast du das denn nicht gesagt!« rief Mrs. Middleton. »Dave, du holst den Putzlumpen und hilfst Lizzie, den Aufgang säubern, und Alice, ihr kommt mit mir. Es ist besser, wenn wir im vorderen Salon Feuer machen.« Die beiden Mädchen folgten der Haushälterin nach oben.

Es war ein typisches Stadthaus der Epoche, hoch und schmal. Im Erdgeschoß befand sich die Eingangshalle mit dem Empfangszimmer auf der einen Seite, das aus dem vorderen und dem hinteren Salon bestand. Im ersten Stock lag das Speisezimmer mit dem Elternschlafzimmer dahinter. Im zweiten Stock waren zwei Schlafzimmer und ganz oben die Dachstübchen, in denen die Diener mit Ausnahme von Lizzie und Dave schliefen. Lizzie schlief in der Spülküche, und Dave unter dem Küchentisch.

Die Zimmer hatten etwas Gespenstisches an sich mit all den Schonbezügen über den Möbeln und den Uhren, die stillstanden, als ob die Zeit außerhalb der Saison nicht zählte, als ob sie nur darauf wartete, daß die lärmende Geschäftigkeit, die schimmernde Pracht, der Klatsch und die gebrochenen Herzen, all das, was eine neue, elegante Londoner Saison mit sich brachte, wiederkehrte. Jenny und Alice streiften die Schonbezüge von den Sesseln im vorderen Salon ab. »Wenigstens haben wir das Roßhaar nicht aus den Sitzen genommen«, sagte Jenny. Die Diener hatten in den vergangenen Jahren oft ihr mageres Einkommen dadurch aufgebessert, daß sie das Polstermaterial aus den Matratzen und Sesseln gezupft und verkauft hatten. So konnte man aus der Unbequemlichkeit, die man beim Sitzen oder liegen empfand, unschwer schließen, wie hart die Zeiten in Nummer 67 gewesen waren. Die letzte Saison war sehr einträglich gewesen, und so hatten sie ausnahmsweise einmal einen annehmbaren Winter verbracht. Aber jetzt gingen die Ersparnisse allmählich zu Ende.

Joseph war nämlich im letzten Oktober davon überzeugt gewesen, daß »Lenz« bei den Pferderennen in Newmarket gewinnen würde, und hatte alle, außer Rainbird und Mrs. Middleton, dazu überredet, eine Summe auf dieses wundervolle Pferd zu setzen. Aber das Pferd hatte auf halber Strecke seinen Vorsprung verloren, und so mußten der erboste Butler und die wütende Haushälterin einen Teil ihrer Ersparnisse hingeben, um den Rest der beschämten und verarmten Dienerschaft warm und satt zu erhalten.

Der Regen lief die Fensterscheiben hinunter, als Jenny und Alice staubwischten und die Möbel polierten. »Es ist kalt hier drin«, sagte Mrs. Middleton. »Ich hole Joseph, damit er Feuer macht und die Uhren aufzieht. Ihr wißt, daß Mr. Palmer von uns erwartet, daß wir jederzeit Leute empfangen können.«

Bald knisterte ein Feuer im Kamin, und die Uhren tickten um die Wette. Es breitete sich ein Gefühl froher Erwartung aus. Die Zeit war in die Clarges Street Nummer 67 zurückgekehrt. Jetzt fehlte nur noch ein Mieter.

Jonas Palmer tauchte eine Stunde zu früh auf, weil er hoffte, die Dienerschaft unvorbereitet anzutreffen, aber Rainbird kannte die Schliche des Verwalters und hatte dafür gesorgt, daß jeder von ihnen mindestens drei Stunden vor seiner angesagten Ankunft fertig war.

»Wo ist Alice?« fragte Palmer und blickte Jenny, die das Teetablett auf einen Tisch im vorderen Salon stellte, mit seinen hervorquellenden Augen böse an.

»Alice macht eine Besorgung«, sagte Rainbird. Der Butler mochte die Art nicht, in der der Agent die schöne Alice mit lüsternen Augen geradezu auszog, und so hatte er dem Hausmädchen aufgetragen, unten zu bleiben. Jenny verließ das Zimmer, und Rainbird sah den Verwalter erwartungsvoll an.

»Ihr laßt's euch gutgehen, was«, sagte Palmer verdrießlich, streckte seine dicken Beine in die Wärme, die das Kaminfeuer abgab, und schaute sich in dem gepflegten Salon um. Rainbird wartete geduldig. Es war sinnlos, mit Palmer zu rechten.

Palmer schlürfte geräuschvoll seinen Tee. Es ist erstaunlich, sinnierte Rainbird, wie der Verwalter den Tee aus der Tasse, in der der Löffel steckt, trinken kann, ohne sich ins Auge zu stechen.

»Ich habe kürzlich mit Seiner Gnaden gesprochen«, sagte Palmer,

»und er war der Meinung, die Diener von Nummer 67 werden zu gut bezahlt.«

Rainbird schaute Palmer an, und seine grauen Augen waren plötzlich vor Mißtrauen hellwach. »Weiß der Duke of Pelham eigentlich, wie hoch unser Lohn ist?«

»Selbstverständlich. Schließlich zeige ich ihm regelmäßig die Bücher.«

»Und wie war es auf der Halbinsel?« fragte Rainbird zuckersüß. »Heiß?«

»Was?«

»Der Duke of Pelham ist seit letztem Sommer in Portugal. Wenn Sie mit ihm gesprochen haben, nehme ich daher an, daß Sie sich über die hohen Berge gearbeitet haben, um ihr Ziel zu erreichen.«

»Sprechen Sie nicht in diesem herablassenden Ton mit mir«, knurrte Palmer und lief rot an. »Sie sind nichts als ein Schürzenjäger, der überhaupt keinen Lohn hätte, wenn ich ihm nicht aus der Patsche geholfen hätte.«

Rainbird war aus Lord Trumpingtons Diensten entlassen worden, weil man ihn mit der pudelnackten Lady Trumpington zwischen den Bettdecken gefunden hatte. Die Tatsache, daß ihn Mylady praktisch ins Bett gezerrt hatte, spielte keine Rolle. Rainbird wurde in Unehren entlassen, und ohne Palmer wäre es ihm tatsächlich sehr schwer gefallen, eine neue Stellung zu finden, da ihn Lord Trumpington jedem gegenüber, der es hören wollte, als Verrückten bezeichnete, der seine Frau vergewaltigt habe.

Diener waren immer im Unrecht. Es war Brauch, daß die Angehörigen der feinen Gesellschaft ihre Lakaien mitnahmen, wenn sie außer Hause dinierten. Die Aufgabe der Lakaien bestand darin, ihre Herren bei Beendigung des Dinners unter dem Tisch hervorzuholen und nach Hause zu bringen, ohne bei dieser Gelegenheit irgendwelche methodistischen Bemerkungen über Trunkenheit zu machen. Sollte sich der Herr jedoch so schlecht benehmen, daß sein Zustand der fortgeschrittenen Trunkenheit unmöglich zu verbergen war, wie bei einem gewissen Lord, der darauf bestand, mitten auf dem Tisch Entrechats vorzuführen, dann wurde der Lakai der Trunkenheit bezichtigt und entlassen.

Rainbird schwieg. Wenn er es fertigbrachte, ganz ruhig lange genug zu warten, dann würde der Verwalter bestimmt irgendwann zu dem eigentlichen Zweck seines Besuches kommen.

Und so war es auch. Nachdem er erfolglos versucht hatte, Rainbird zu reizen, seufzte Palmer enttäuscht und sagte: »Nächsten Monat kommt ein Mieter. Lauter Frauen, wie es aussieht. Ich habe mit dem Anwalt gesprochen, der sich darum kümmert. Es scheint, daß Sir Benjamin Hayner gestorben ist und seine beiden Töchter unter der Vormundschaft einer fünfundzwanzigjährigen Miss Metcalf zurückgelassen hat. Diese Miss Metcalf wird mit den beiden Mädchen hierherkommen. Und wieder erhebt sich die Frage der Unterbringung der Kammerzofe.«

Rainbird zuckte zusammen, und Palmer schaute ihn neugierig an. Rainbird hatte sich in die französische Kammerzofe verliebt, die während der letzten Saison hier gewohnt hatte.

»Letztes Jahr«, sagte Rainbird und hielt sorgfältig seinen Gesichtsausdruck unter Kontrolle, »mußte Mrs. Middleton ihren Salon an der Hintertreppe abgeben. Ich vertraue darauf, daß das dieses Mal nicht nötig sein wird.«

»Das hängt alles von dieser Metcalf ab. Überlassen Sie es ihr. So eine wie die ist Ihnen noch nie untergekommen, Rainbird. Nach dem, was ihr Anwalt sagt, ist sie die größte Heilige weit und breit in ganz England.«

»Gut«, sagte Rainbird. »Eine heilige Mieterin sollte sich eigentlich um das Wohlergehen der Diener kümmern. Wenn man es recht bedenkt, kümmert sich jede Lady um ihre Diener. Nur Leute, die weder Ladys noch Gentlemen sind, behandeln ihre Diener schlecht.«

»Womit Sie mich meinen«, sagte Palmer, und eine gefährliche Röte stieg ihm ins Gesicht.

Rainbird musterte ihn mit der Neugierde einer Dohle, als ob er hoffte, Palmer würde einen Schlaganfall erleiden und diese Welt zu einem besseren Platz machen, aber Palmer erholte sich schnell und verlangte die Haushaltsbücher zu sehen.

Schließlich und endlich war die Geduldsprobe wieder einmal vorüber. Mrs. Middleton trug die Bücher in ihren Salon zurück und tröstete sich mit reichlich fließenden Tränen, denn Palmers unhöfliches und grobes Benehmen empfand sie immer wie einen tätlichen

Angriff. Sie trocknete ihre Tränen und blickte hoch, als Rainbird das Zimmer betrat.

»Oh, Mr. Rainbird«, stammelte sie und sprang aufgeregt auf. »Es tut mir leid, ich habe geweint, und meine Augen sind so rot und...«

»Es macht nichts«, sagte Rainbird. »Ich habe einen Schluck Brandy mitgebracht, um uns beide zu trösten. Ich weiß, wir sollten ihn mit den anderen teilen, aber sie brauchen schließlich nicht so viel Trost wie wir. Wie mich dieser gemeine Mensch ärgert! Und wir haben unser wohlverdientes Geld auch nicht an ein nichtsnutziges Pferd verloren.«

»Ich meine, man darf ihnen trotzdem keine Schuld geben«, sagte die Haushälterin. »Joseph hat die Wette so verführerisch klingen lassen – und ich hätte ihm bestimmt mein Geld auch gegeben, wenn Sie nicht so dagegen gewesen wären, Mr. Rainbird. Wir können nicht alle so klug sein wie Sie.« Sie seufzte und blickte ihn voller Bewunderung an, aber der Butler goß eifrig den Brandy ein und bemerkte ihren heftig verliebten Gesichtsausdruck nicht.

»Nun, Mrs. Middleton«, sagte Rainbird und machte es sich in einem abgewetzten Sessel gegenüber der Haushälterin bequem, »die Dinge sehen recht hoffnungsvoll für die kommende Saison aus. Palmer erzählte, eine Miss Metcalf habe das Haus gemietet. Sie ist recht jung, aber sie begleitet dennoch bereits zwei junge Fräulein als Anstandsdame bei deren Debüt. Dem Anwalt der neuen Mieterin zufolge ist diese Miss Metcalf eine Art Heilige. Ich werde Sie bitten, unsere Löhne während der Mietzeit zu erhöhen, und wenn es nur um das ist, was uns zusteht. Sie bringen eine Kammerzofe mit...«

Mrs. Middletons Gesichtsausdruck wurde wieder ganz unglücklich. Die Kammerzofe vom letzten Jahr hatte nicht nur den Salon der Haushälterin beansprucht, sondern auch Rainbirds Herz erobert. »Soweit ich es erraten kann«, fuhr Rainbird gütig fort, »nimmt diese Kammerzofe damit vorlieb, ein Zimmer mit Alice und Jenny zu teilen.«

»Nun, es wird angenehm sein«, meinte Mrs. Middleton vorsichtig, »nur Ladys im Hause zu haben. Sie sind so viel leichter zu versorgen als Gentlemen – natürlich abgesehen von Ihnen, Mr. Rainbird. Ja, junge Damen werden eine nette Abwechslung sein.«

Miss Josephine Spencer stand mit einem großen Seidenschirm über dem Kopf im Regen und beobachtete, wie sich die Misses Hayner und Harriet darauf vorbereiteten, ›Chorley Hall‹ zu verlassen. Sie selbst hatte Harriet, Beauty und Harriets schäbige Koffer in ihrer Kutsche vom Dorf herübergefahren.

Sie hatte sich ein bißchen mit den Zwillingen unterhalten, bevor sie abreisten, und zu ihrer Erleichterung festgestellt, daß ihr Betragen Harriet gegenüber durchaus herzlich war. Darüber mußte man sich also keine Sorgen machen.

Aber es hatte den Anschein, als ob die Mädchen jetzt erst darauf kamen, daß Beauty ebenfalls nach London reisen sollte.

»Du hast doch wohl nicht vor, diese Promenadenmischung in die Gesellschaft einzuführen«, kicherte Sarah. »Gib den Köter Miss Spencer. Ich bin überzeugt davon, daß sie ihn für dich hütet.«

Harriet war peinlich berührt. »Es tut mir leid, Sarah, aber ich muß darauf bestehen, daß er mitkommt. Ich werde ihn von dir fernhalten. Er ist so ein guter Wachhund.«

»Du Dummchen«, sagte Annabelle. »Du verstehst uns wohl nicht, liebe Harriet. Der Hund bleibt hier.«

»Ich muß darauf bestehen«, sagte Harriet, die Beauty reichlich gefüttert hatte, damit er sanfter und ansprechbarer als sonst wirkte.

»Wenn du darauf bestehst, dann soll er im Gepäckwagen mit Emily reisen.« Emily war die Kammerzofe der Zwillinge. Miss Spencer schaute Emily neugierig an. Sie fand, daß Emily mit ihren rotbraunen Haaren und den Augen, die einen sonderbaren Stich ins Gelbliche hatten, wie ein Fuchs aussah. Emily sah ihre Herrinnen von der Seite an, und dann verzog sie ihr Gesicht zu einer Grimasse.

»Ich glaube nicht, daß das eine sehr gute Idee ist«, meinte Harriet. »Ich –«

Beauty entblößte unvermittelt die Zähne, als ob er die Zwillinge mit einem düsteren hündischen Lächeln verhöhnen wollte. Er knurrte ganz weit hinten in der Kehle; es klang beängstigend.

»Oh, also gut, Harriet«, sagte Sarah. »Aber es ist sehr eigenartig von dir.«

»Danke«, sagte Harriet mit sonnigem Lächeln. Ein Lakai hielt die Tür der Reisekutsche auf. Harriet schob Beauty hinein und stieg dann selbst in die Kutsche.

In diesem Moment sah Miss Spencer, wie sich Sarah Annabelle zuwandte und die Augen in spöttischer Resignation zum Himmel verdrehte. Dann machte sie eine Bewegung, als ob sie jemandem den Hals umdrehen wollte. Annabelle lachte hysterisch auf, und dann bestiegen sie beide nach Harriet die Kutsche.

Miss Spencer schüttelte den Kopf, als ob sie ihn von etwas befreien wollte. Es war nur natürlich, daß jemand sich über Harriet ärgerte, weil sie darauf bestand, den Hund mitzunehmen. Auf der anderen Seite war es klar, daß die Mädchen einen Augenblick lang vergessen hatten, daß sie dastand, und die Verachtung und der Haß, die von den beiden ausgingen, waren fast mit Händen zu greifen gewesen.

Miss Spencer trat ans Kutschenfenster. Harriet saß mit dem Rükken zu den Pferden, Beauty lag ihr zu Füßen.

»Auf Wiedersehen, Harriet«, sagte Miss Spencer. »Wenn du Hilfe brauchst, schreib mir, ich komme dann sofort nach London.«

»Auf Wiedersehen, Josephine«, sagte Harriet und schaute ihre Freundin durch einen Tränenschleier an. »Ich bin sicher, daß ich deine Hilfe nicht nötig haben werde, aber ich werde dir natürlich trotzdem schreiben.«

»Auf Wiedersehen, Miss Spencer«, riefen die Zwillinge im Chor und sahen aus wie das gute Benehmen in Person.

Miss Spencer trat zurück. Ihre Befürchtungen hatten sich wieder gelegt. Die Zwillinge waren doch sehr wohlerzogene Mädchen. Sie hatte sich wohl etwas eingebildet.

Der Kutscher knallte mit der Peitsche; die Kutsche begann die Auffahrt hinunterzurollen. Harriets Spitzentaschentuch flatterte noch kurze Zeit am Fenster. Dann fuhr die Kutsche durch das Tor und bog in die Straße nach London ein.

Miss Spencer bestieg ihren eigenen Einspänner und nahm die Zügel in die Hand. Das Leben erschien ihr leer und eintönig. Sie begann in Gedanken die Namen und Adressen all ihrer Freunde und Verwandten in London durchzugehen. Vielleicht könnte sie einen Besuch machen, nur um Harriets Debüt zu sehen.

Denn es war ebensosehr Harriets Debüt wie das der Zwillinge.

3

Zunächst schien es so, als bereite sich Nummer 67 auf eine der ruhigsten Zeiten vor, die das Stadthaus seit seiner Errichtung zu Anfang des vorigen Jahrhunderts erlebt hatte.

Von Rainbird angefangen bis hinunter zu Dave schwor die gesamte Dienerschaft, sie habe nie zuvor solch reizende und charmante Damen kennengelernt.

Miss Metcalf hatte gesagt, sie wolle dem Anwalt, Mr. Gladstone, schreiben und ihn um Erlaubnis bitten, als Rainbird sie kurz nach ihrem Eintreffen in London um eine Erhöhung der Löhne gebeten hatte. Mr. Gladstone hatte geantwortet, daß Harriet die Löhne erhöhen solle, da die Diener offensichtlich nur um einen angemessenen Betrag gebeten hätten, hatte aber hinzugefügt, daß er Mr. Palmer ebenfalls geschrieben und sich darüber beklagt habe, daß man Diener im Jahre des Herrn 1809 so schlecht entlohnte.

Anfangs wußte Harriet nicht, wie sie es anstellen sollte, die passende Gesellschaft für ihre Schützlinge zu finden, aber Rainbird war mit einer Liste der Leute, deren Bekanntschaft man pflegen mußte, in die Bresche gesprungen. Joseph wurde in die Stammkneipe der ranghöheren Dienerschaft, den ›Running Footman‹, geschickt, um dort zu verbreiten, daß die Hayner-Mädchen sehr reich seien, und bald trafen die ersten Einladungskarten ein.

In London war noch nicht viel los, aber Harriet wollte Sarah und Annabelle einen Vorsprung vor den anderen hoffnungsvollen Debütantinnen sichern.

Ein Großteil des Tages wurde mit Anproben und Abstecken bei der Schneiderin zugebracht. Sarah und Annabelle waren wütend, als sie erfuhren, daß Harriet ebenfalls eine neue Garderobe erhalten sollte, aber sie verbargen ihren Zorn und schrieben stattdessen einen Brief an Mr. Gladstone, in dem sie verlangten, daß solcher Extravaganz von seiten ihres Vormunds ein Ende gemacht werden müsse. Mr. Gladstone antwortete, es sei nur recht und billig, daß Harriet so ausstaffiert werde, wie es ihrer Stellung entspreche, und daß es den Misses Hayner in den Augen der tonangebenden Gesellschaft Schande bereiten würde, wenn sie mit einer ärmlich gekleideten Anstandsdame aufträten.

Um ihnen Gerechtigkeit widerfahren zu lassen, muß betont werden, daß die Zwillinge vor einiger Zeit zu der festen Überzeugung gekommen waren, daß Harriet sich die Zuneigung ihres Vaters erschlichen hatte. Die traurige Wahrheit jedoch war, daß Sir Benjamin seine schwierige Frau während deren Lebzeiten immer weniger geschätzt und geachtet hatte. Nachdem er allzu viele ihrer unangenehmen Eigenschaften in seinen Töchtern wiedererkannte und ihr Charakter sich auch nicht durch die Erziehung mehrerer ausgezeichneter Gouvernanten änderte, war Sir Benjamin zu der Schlußfolgerung gelangt, daß seine beiden Töchter verschlagen und unaufrichtig seien. Er selbst war ein sorgloser und heiterer Mensch, der sich nicht mit allzuviel Gedanken belastete. Auch war er selten zu Hause, und wenn, dann lud er zum Dinner Harriet ein – ein Brauch, von dem seine Töchter hofften, daß er mit dem Tod von Harriets Eltern enden würde. Bis dahin hatten sie gedacht, ihr Vater amüsiere sich lediglich über die liebenswerten Schwächen der verschämt-armen Metcalfs, doch nach dem Tod von Mr. und Mrs. Metcalf zeigte sich seine wirkliche Zuneigung zu Harriet. Die Zwillinge hatten ihren Neid auf Harriet und ihre Abneigung immer sehr gut verborgen; Sir Benjamin hätte Harriet Metcalf nie mit dem Debüt seiner Töchter betraut, wenn er das Ausmaß ihrer Eifersucht geahnt hätte.

Die ersten Tage, in denen sich die Mädchen auf die Saison vorbereiteten, vergingen dennoch denkbar angenehm. Durch strenges Fasten hatte Annabelle ein paar Pfund verloren, und dank regelmäßiger Mahlzeiten hatte Sarah soviel zugenommen, wie ihre Schwester abgenommen hatte. Sie sahen sich daher jetzt noch ähnlicher, auch wenn Sarah immer noch nervös und angespannt war und Annabelle schlaff und träge.

Beide stimmten insgeheim darin überein, daß sie Harriet höflich behandeln wollten, bis diese das Fundament für ihren gesellschaftlichen Erfolg gelegt hatte. Obwohl Harriet sich sehr bemühte, dieses Ziel zu erreichen, gelang es ihr nicht, die Gefühle der Mädchen zu besänftigen.

Vielleicht war die einzige Person im Haus, die eher unglücklich war, Lizzie, das Spülmädchen. Sosehr sie sich auch bemühte, es gelang ihr nicht, Emily, die Kammerzofe, zu mögen. Emily hatte Mrs. Middleton nicht aus ihrem Salon vertrieben, sondern schien ganz zufrieden damit, sich ein Dachstübchen mit Jenny und Alice zu teilen. Auch hatte Emily Josephs Blicke nicht auf sich gezogen, etwas, was Lizzie, die hoffnungslos in den eitlen Lakaien verliebt war, wirklich erbittert hätte. Es lag vielmehr daran, daß Lizzie eine gewisse Grausamkeit an Emily spürte, die die anderen nicht zu bemerken schienen. Emily hatte eine tückische Art, die Leute aus den Winkeln ihrer seltsam gelben Augen anzuschauen, so, als amüsiere sie sich insgeheim wie über einen besonders bösen Scherz.

Außerdem fühlte sich Lizzie nicht besonders wohl. Es regnete immer noch in Strömen, tagaus, tagein, und das bedeutete, daß in der Küche unentwegt schlammiges Wasser aufgewischt werden mußte. Es bedeutete auch, daß ständig in allen Räumen Feuer gemacht und die Kamingitter poliert werden mußten.

Sämtliche Diener hatten Beauty mißtrauisch von der Seite angeschaut, vor allem Joseph, der nicht nur fürchtete, daß er sein geliebtes Haustier – den Küchenkater namens Schnorrer, einen gelbbraunen, unansehnlichen Miniaturlöwen – angreifen könnte, sondern auch völlig außer sich darüber war, daß man von ihm erwartete, daß er das Vieh spazierenführte.

Aber Beauty schuf keine Probleme. Er trottete draußen unglücklich hinter Joseph her oder schlief drinnen vor dem Kamin. Harriet fand, daß sich ihr Liebling gut in der Stadt eingelebt hatte; sie hatte nicht viel Zeit, sich über seine merkwürdig gedämpfte Stimmung Gedanken zu machen. Die wahre Ursache für Beautys Sanftheit waren aber Geschwüre in seinen Ohren, die dazu führten, daß er ständig unter Schmerzen und Unbehagen litt. Sein Fell wurde dünn und stumpf, und er rührte sein Futter kaum an.

Dem Leiden des Hundes wurde ein Ende gesetzt, als Joseph eines Tages mit ihm die Curzon Street entlangging. Eine zierliche Kutsche war umgekippt und hatte ihre Insassen in die Gosse geworfen. Joseph blieb stehen, um sich das Drama anzuschauen. In diesem Moment wurde er von einem hochgewachsenen, elegant gekleideten Herrn angesprochen.

»Ist das Ihr Hund?« fragte der Gentleman. Joseph blickte auf – es geschah nicht oft, daß Joseph, der groß war, zu jemandem aufblikken mußte – und sah in ein kräftiges, schönes Gesicht, das vom Rand eines Biberhuts überschattet war.

»Nein«, sagte Joseph, der sich für Beautys räudiges Aussehen schämte. »Er gehört meiner Herrin.«

»Er sieht krank aus«, sagte der hochgewachsene Gentleman. Er beugte sich zu Beauty hinab, der zitternd im Regen auf dem Gehsteig saß, schaute seine Zähne an und bog dann seine Schlappohren, eins nach dem anderen, zurück.

Er richtete sich auf. »Der Hund hat in beiden Ohren Geschwüre. Geben Sie mir Ihre Adresse, dann werde ich Ihrer Herrin eine Tinktur bringen, die das Tier in ein paar Tagen von seinen Beschwerden befreit.«

Joseph, der die elegante Kleidung des Gentleman bereits im stillen gewürdigt hatte, sagte schnell: »Clarges Street, Nummer 67. Miss Metcalf.«

»Hier ist meine Karte«, sagte der Gentleman.

Joseph nahm sie und las den Namen: MARQUIS OF HUNTINGDON. Seine Augen wurden ganz groß. Joseph kannte all den Klatsch, den man über die besseren Leute kennen mußte. Der Marquis, erinnerte er sich, war lange im Ausland, in Amerika, gewesen, wo er eine Tabakplantage in Virginia besaß. Angeblich war er einer der reichsten Männer Englands – und der am besten aussehende.

»Ja, Mylord«, sagte er und verbeugte sich so tief, daß seine Nase beinahe die Schnauze von Beauty berührte. Der Marquis nickte und schlenderte mit seinem Freund, Lord Vere, die Curzon Street hinunter.

»Warum in aller Welt hast du deine Zeit an dieses Scheusal von einem Hund verschwendet?« fragte Lord Vere. »Es hat nichts, was nicht ein guter Schuß zwischen die Augen kurieren könnte.«

»Ich habe bemerkt, daß er krank aussieht«, sagte der Marquis freundlich. »Aber du hast ganz recht. Ich sollte diese wohltätigen Impulse zügeln. Jetzt muß ich irgendeine alte Jungfer mit Namen Metcalf in der Clarges Street Nummer 67 aufsuchen und ihr für das Scheusal Medizin geben. Aber das Zeug ist gut. Ich habe es bei meinen eigenen Hunden angewendet, und wenn ich ein Tier mehr vom Leiden erlöse, warum nicht?«

»Ich komme mit dir«, sagte Lord Vere eifrig. »Wann gehst du hin?«

»Wahrscheinlich morgen. Warum brennst du so darauf, mich zu begleiten?«

»Ordinäre Neugierde ist der Grund. Ich möchte einen Blick in das Innere dieses berühmten Stadthauses in der Clarges Street werfen und feststellen, wie die Lady aussieht, die Mut genug hat, es zu mieten.«

»Was ist denn so Besonderes an dem Haus? Spukt es darin?«

»Gewissermaßen. Es liegt ein Fluch darauf. Den Leuten, die darin wohnen, passieren alle möglichen merkwürdigen Dinge. Der neunte Duke of Pelham hat sich darin erhängt. Das Haus gehört jetzt dem jungen Duke, aber er geht nie auch nur in die Nähe. Clara Vere-Baxton ist gestorben, als sie darin wohnte, und in der letzten Saison hat Lady Tregarthan herausgefunden, daß Clara von Dr. Gillespie ermordet wurde.«

»O ja, ich erinnere mich an den Skandal«, sagte der Marquis. »Aber du glaubst doch bestimmt nicht an all diesen Unsinn von einem Fluch. Komm morgen mit mir, und wir werden – das versichere ich dir – eine entzückende kleine alte Dame antreffen, ohne Zweifel kurzsichtig, die nicht einmal weiß, daß ihr Hund krank ist.«

Joseph überreichte Harriet bei seiner Rückkehr die Visitenkarte des Marquis. Die Zwillinge waren mit ihrer Zofe Emily beim Einkaufen. Harriet war zu schockiert über die Feststellung, daß ihr Liebling krank war, als daß sie der Tatsache, daß es ein Marquis war, der die Arznei bringen wollte, viel Beachtung geschenkt hätte. Sie bat Joseph, ihr eine Schüssel Kaliumpermanganat, warmes Wasser und Watte zu bringen.

Dann kniete sie sich neben Beauty hin und hob vorsichtig seine Ohren an. Sie zuckte zusammen, als sie die entzündliche scharlachrote Infektion sah. Sie wusch liebevoll seine Ohren aus und redete ihm gut zu, während er unglücklich mit den Augen rollte und schwach ihre Hand leckte.

So beschämt war Harriet darüber, daß sie nicht gemerkt hatte, wie krank ihr Hund war, daß sie vergaß, den Mädchen vom Marquis of Huntingdon zu erzählen. Sie wußte außerdem, daß Sarah und Annabelle Beauty nicht mochten. Hätte Joseph ihr erzählt, daß der

Marquis ein heiratsfähiger und gutaussehender Mann sei, hätte sie sicherlich die Zwillinge frühmorgens geweckt, um sie auf seinen Besuch vorzubereiten. Aber das, was Harriet bisher von den jungen Männern in der Hauptstadt gesehen hatte, ließ sie zweifeln, daß sich irgendein Mann unter Vierzig dazu herablassen würde, sich um eine Promenadenmischung zu kümmern, und so stellte sie sich den Marquis in freudiger Erwartung als ziemlich alt und bäurisch vor.

Sarah und Annabelle kamen mit zahlreichen Paketen und Schachteln beladen nach Hause. Harriet hatte das Gefühl, daß sie zuviel Geld für Schnickschnack ausgaben, aber da es ihr eigenes Geld war, beschloß sie, sie gewähren zu lassen und sie erst dann zu bremsen, wenn sie noch eine zweite Saison mitmachen müßten, bevor sie Ehemänner fänden.

Als Harriet am nächsten Morgen erwachte, wurde ihr bewußt, daß sich die von draußen hereindringenden Geräusche geändert hatten. Es gab sehr viel mehr Bewegung und Geschäftigkeit als bisher auf der Straße, und vor allem sangen die Vögel auf den Dächern.

Harriet sprang aus dem Bett und zog die Vorhänge zurück. Goldenes Sonnenlicht durchflutete das Zimmer; die Sonne vergoldete auch das Kopfsteinpflaster unten auf der Straße. Harriet schob das Fenster mit einiger Mühe in die Höhe, denn das Holz war von der ständigen Nässe aufgequollen, und der Fensterrahmen klemmte. Warme, liebliche Luft drang in das Zimmer.

Sie streckte die Arme in die Höhe. Der Tag versprach schön zu werden. Sie war voller Pläne. An diesem Abend sollte das erste gesellschaftliche Ereignis stattfinden, ein Ball bei Lord und Lady Phillips in der Brook Street. Lady Phillips war eine dicke, freundliche Dame, die Harriet ins Herz geschlossen hatte.

Harriet hatte sie, dank Rainbirds Empfehlungen, kurz nach ihrer Ankunft in London zum Tee eingeladen. Rainbird hatte ihr gesagt, daß Lady Phillips zu den Mitgliedern der exklusiven Gesellschaft gehörte; sie sei eine sehr nette Dame und bestimmt werde sie sich über eine Einladung freuen.

Beauty bewegte sich in seinem Korb zu Füßen von Harriets Bett, und es fiel ihr wieder ein, daß der Marquis of Huntingdon einen Besuch abstatten wollte.

Sie gab sich große Mühe mit ihrer Kleidung – eine Geste der Höflichkeit einem älteren Herrn gegenüber, der so freundlich gewesen war, sich um ihren Hund zu kümmern. Die Zwillinge standen nie vor zwei Uhr nachmittags auf, da sie sich den Bräuchen der fashionablen Londoner Welt bereits vor ihrer ersten gesellschaftlichen Verpflichtung angepaßt hatten.

Harriet zog eines ihrer neuen Kleider an. Es war aus blaßblauem indischen Musselin und unter der Brust mit zwei blauen Seidenbändern gerafft. Sie drehte ihr fülliges, weiches Haar auf dem Kopf zu einem Knoten zusammen, aber ein paar freche kleine Strähnchen entschlüpften und bildeten eine Art Strahlenkranz um ihr Gesicht.

Um elf Uhr vormittags saß sie mit Beauty zu Füßen im vorderen Salon, als Rainbird ankündigte, daß nicht nur der Marquis of Huntingdon, sondern auch Lord Vere sie zu sehen wünschte.

Zwei Herren traten näher und blieben auf der Türschwelle stehen. Harriets blaue Augen waren so klar und aufrichtig wie die eines Kindes, als sie sie anschaute. Ihr erster Gedanke war, daß beide Männer sehr gut aussahen, und sie bedauerte, die Zwillinge nicht geweckt zu haben, so daß sie sie jetzt nicht vorstellen konnte. Der Marquis und Lord Vere musterten Harriet Metcalf ebenfalls sehr genau. Ihr erster Eindruck von ihr war so stark, daß sie ihn beide nie mehr vergaßen. Sie saß mit Beauty zu ihren Füßen in einem chintzbezogenen Sessel. Die Sonne, die durch das offene Fenster hinter ihr hereinschien, brachte ihr goldblondes Haar wie eine Aureole zum Leuchten. Sie sah zart, frisch und sehr weiblich aus.

Der Marquis war nach Harriets Schätzung in den Dreißigern. Er hatte dichtes, lockiges kastanienfarbenes Haar, haselnußbraune Augen, eine feine gerade Nase und einen schönen Mund, der ständig zu lächeln schien. Seine Taille war schmal, und seine Beine waren als »die schönsten in England« bezeichnet worden – die Beine einer Dame wurden niemals auch nur erwähnt, lebte man doch in einer Zeit, in der es unhöflich war, zuzugeben, daß weibliche Extremitäten überhaupt existierten. Er trug ein blaues Tagesjackett mit vergoldeten Knöpfen, Kniehosen aus weichem Büffelleder und Stulpenstiefel. Seine biskuitfarbene Weste war hoch geknöpft und schloß mit den schneeweißen Falten seiner raffiniert gewickelten Halsbinde ab. Er machte eine beeindruckende Verbeugung und sagte: »Wir sind gekommen, um Miss Metcalf zu besuchen.«

»Ich bin Miss Metcalf.«

Lord Vere schaute sich im Zimmer um, als ob er nach einer Anstandsdame suchte. Er war ein wenig kleiner als der Marquis und hatte schwarze Haare und Augen. Er huldigte offensichtlich dem Kleidungsstil Lord Byrons, einer Mode, die manchmal unfreundlich als extrem teure Liederlichkeit beschrieben wurde.

»Sind Ihre Eltern zu Hause, Miss Metcalf?« fragte er.

Harriets blaue Augen verdunkelten sich. »Sie sind beide tot«, sagte sie. Dann leuchteten ihre Augen plötzlich auf. »Oh, Sie wissen natürlich nicht, warum ich in London bin. Ich bin der Vormund zweier wunderschöner junger Damen, der Misses Hayner, die während der Saison in die Gesellschaft eingeführt werden sollen.«

»Sie sehen viel zu jung aus, um Mündel zu haben, die alt genug sind, um in die Gesellschaft eingeführt zu werden«, sagte der Marquis.

»Der verstorbene Sir Benjamin Hayner«, sagte Harriet, »machte mich zum Vormund der Mädchen. Ich bin einige Jahre älter als sie und sollte wirklich eine Haube tragen.«

Beauty bewegte sich und richtete ein blutunterlaufenes Auge auf den Marquis.

»Da ist ja mein Patient«, sagte der Marquis. Er angelte aus seiner Jackettasche eine kleine Phiole und einen Wattebausch und beugte sich dann über Beauty.

»Seien Sie vorsichtig«, mahnte Harriet. »Er neigt dazu, Fremden gegenüber etwas unberechenbar zu sein.«

Aber Beauty hielt ganz still, als der Marquis ihm behutsam erst das eine und dann das andere Ohr mit seiner Tinktur auswusch.

»Miss Metcalf«, sagte der Marquis, während er die schmutzige Watte in den Kamin warf und Harriet die Phiole aushändigte, »behandeln Sie seine Ohren eine Woche lang zweimal täglich, und er wird bald wieder gesund sein.«

»Sie sind beide sehr freundlich«, sagte Harriet, und der Marquis blickte in diese schönen blauen Augen und fühlte plötzlich einen leichten Groll in sich aufsteigen, weil Lord Vere ebenfalls in Miss Metcalfs Dank eingeschlossen war.

»Bitte setzen Sie sich doch«, fügte Harriet hinzu und klingelte.

Rainbird, der in der Halle gewartet hatte, kam herein. Harriet bestellte Wein und Gebäck.

Der Marquis setzte sich ihr gegenüber, während Lord Vere Harriet dadurch überraschte, daß er sich auf dem Teppich lagerte, anmutig auf einen Ellenbogen gestützt, während eine Hand lässig auf dem Knie ruhte. Harriet war diese neue Londoner Modetorheit, »bequem zu lagern«, noch unbekannt.

»Wir sind Ihnen noch nicht in der Oper oder bei irgendeinem der gesellschaftlichen Empfänge, an denen wir in diesem Monat teilgenommen haben, begegnet, Miss Metcalf«, sagte Lord Vere.

»Ich und die Misses Hayner werden heute abend auf dem Ball der Phillips sein«, antwortete Harriet mit unverstelltem Stolz, denn sie war froh, daß ihre Bemühungen solch eine nette Einladung für sie und die Mädchen ergeben hatten.

Den beiden Herren fiel ein, daß sie die Einladung zu dem Ball ausgeschlagen und beschlossen hatten, statt dessen bei White Karten zu spielen.

»Sehen wir uns dort?« fragte Harriet und gab Rainbird durch ein Kopfnicken zu verstehen, daß er die Gläser der Herren füllen solle.

»Ja, bestimmt«, sagte der Marquis leichthin und vermied es, den überraschten Blick von Lord Vere zur Kenntnis zu nehmen.

»Sarah und Annabelle Hayner sind zwei äußerst anziehende junge Damen«, sagte Harriet. »Sie sind Zwillinge.«

»Ach wirklich?« meinte Lord Vere mit deutlich erkennbarem Mangel an Interesse.

»Wäre es nicht besser, du würdest dich setzen, Gilbert«, schlug der Marquis belustigt vor. »Du wirst noch Wein auf den Teppich schütten, wenn du weiter versuchst, mit dem Glas in der einen und Gebäck in der anderen Hand bequem zu lagern.«

Lord Gilbert Vere setzte sich auf einen Stuhl und wandte sich wieder an Harriet. »Haben Sie keine Angst, hier zu wohnen, Miss Metcalf?« fragte er besorgt.

»Nein«, antwortete Harriet verwundert. »Sollte ich Angst haben?«

»Wissen Sie nicht, daß auf diesem Haus ein Fluch liegt?«

»Mr. Gladstone, unser Rechtsanwalt, der es gefunden hat, hat nichts von einem Fluch gesagt.«

»Aha! Ein furchtbares Geschick wird über Sie kommen, meine Schöne«, sagte Lord Vere mit bühnenreifem Blick.

Harriet wandte sich an den Marquis. »Machen Sie sich beide lustig über mich? Was hat es mit dem Fluch auf sich?«

Aber es war Lord Vere, der freudig die traurigen Begebenheiten, die sich in der Clarges Street Nummer 67 zugetragen hatten, zum besten gab.

Harriet hörte ihm mit großen Augen zu. Als Lord Vere seine Geschichten beendet hatte, sagte sie: »Aber viele Häuser, die älter als dieses sind, haben grausame und unglückselige Ereignisse gesehen. Ich glaube nicht, daß sie später einen Einfluß auf die Bewohner des Gebäudes ausüben, es sei denn, diese sind selbst grausam und unglückselig oder sie haben besonderes Pech.«

»Da hast du es, Gilbert«, sagte der Marquis mit liebenswürdigem Lächeln. »Genau das, was ich sage.«

»Und Sie glauben solche Sachen auch nicht, Lord Vere«, sagte Harriet lachend.

»Oh, doch«, antwortete der Marquis boshaft. »Er ist ein mit allen Wassern gewaschener Spieler, und alle Spieler schauen ständig nach Zeichen und Omen aus.«

Lord Vere warf dem Marquis einen vernichtenden Blick zu. »Würde es Ihnen Freude machen, mit mir morgen in den Park zu fahren, Miss Metcalf?« fragte er.

»Danke«, erwiderte Harriet mit heiterem Lächeln. »Wir könnten uns nichts Schöneres vorstellen.«

Lord Vere sah Beauty ängstlich von der Seite an. »Verzeihen Sie mir, Madam, aber ist das Tier überhaupt an Kutschenfahrten gewöhnt?«

»Ich habe natürlich nicht Beauty gemeint«, lachte Harriet. »Ich gehe davon aus, daß Ihre Einladung auch meinen beiden Schützlingen gilt.«

»Nein, ehrlich gesagt, nicht«, sagte Lord Vere und zupfte verlegen an seiner Halskrause, wobei ihm sehr wohl bewußt war, daß der spöttische Blick seines Freundes auf ihm ruhte. »Ich habe einen Phaeton, der eigentlich nur zwei Leuten bequem Platz bietet, und deshalb –«

»Und deshalb wird Miss Metcalf meine Gesellschaft auf sich nehmen müssen«, sagte der Marquis. »Ich habe einen Landauer, in dem wir alle sehr bequem unterkommen.«

»Ich könnte eine Kutsche mieten«, meinte Lord Vere schmollend.

»Es besteht keine Notwendigkeit zu derartigen Geldausgaben«, sagte Harriet. »Wir werden Lord Huntingdons Einladung bei dieser Gelegenheit annehmen, und vielleicht wird eine von den Misses Hayner ein andermal mit Ihnen ausfahren.«

»Ich habe die Misses Hayner noch nicht einmal kennengelernt«, sagte Lord Vere nicht ohne Bitterkeit.

Harriet schaute verwirrt. Belustigt wurde dem Marquis klar, daß sie sich ihres eigenen Aussehens überhaupt nicht bewußt war und dachte, die Attraktion seien ihre beiden Schutzbefohlenen. Dann stellte er mit einigem Bedauern bei sich fest, daß Harriet so naiv sein müsse, wie sie aussah, denn wie könnte sie sonst auf die Idee kommen, daß sich zwei Herren darum rissen, zwei Fräulein auszuführen, die sie nicht einmal gesehen hatten? Darin tat er Harriet unrecht. Es war Harriet von früher Jugend an eingepaukt worden, daß der Reiz einer Frau einzig und allein auf der Höhe ihrer Mitgift beruhte. Sie dachte, der Marquis und Lord Vere hätten vom Reichtum der Hayners gehört und verhielten sich daher genau so, wie sie es von zwei vornehmen Herren erwartet hätte.

»Macht nichts«, sagte der Marquis freundlich. »Wenn das Wetter schön bleibt, werden wir eine nette Spazierfahrt machen.« Er erhob sich. »Guten Tag, Miss Metcalf. Ich freue mich darauf, Sie heute abend auf dem Ball zu sehen.«

Harriet stand ebenfalls auf und machte einen Knicks.

»Darf ich mir Hoffnungen auf einen Tanz mit Ihnen machen?« fragte Lord Vere und warf seinem Freund einen ärgerlichen Blick zu.

Harriet errötete. »Ich habe nicht vor, selbst zu tanzen«, sagte sie. »Ich werde bei den Anstandsdamen sitzen.«

Lord Vere begann leidenschaftlich dagegen zu protestieren, daß jemand, der so schön sei, dazu verdammt sein sollte, bescheiden im Abseits zu stehen, aber der Marquis sagte besänftigend: »Miss Metcalf wird sich nicht vernachlässigt fühlen, Gilbert. Ich werde mit Freuden bei ihr sitzen.«

Harriet machte einen tiefen Knicks. Rainbird, der hinter der offenen Tür in der Halle gestanden hatte, sprang herbei, um die Haustür für die Herren zu öffnen.

Die beiden Männer standen auf der Eingangstreppe und streiften ihre Handschuhe über.

»War es notwendig, mich so rücksichtslos auszustechen?« fragte Lord Vere wütend. »Du bist ein Frauenverführer und Draufgänger, und ich möchte, daß du diese Frau in Frieden läßt.«

»Ja, ich habe mich schlecht benommen«, gab der Marquis gutmütig zu. »Bitte nimm meine Entschuldigung an. Ich war nahe daran, mich in sie zu verlieben. So etwas von Zartheit, so eine taufrische Schönheit. Aber viel zu einfältig für meinen dekadenten Geschmack. Ich werde Miss Metcalf und ihre Schützlinge morgen mit in den Park nehmen, wie ich es versprochen habe, und dann dir das Feld überlassen.«

Harriet trat ans Fenster, um zu beobachten, wie die Herren vorbeigingen. Sie stieß einen leisen Seufzer aus. Der Marquis sah so hinreißend gut aus. Aber so erfahren. Er hatte seinen Freund lächerlich gemacht, und das setzte ihn in ihren Augen herab. Trotzdem – er sah genau aus wie ein Held in einer Romanze, und es war so demütigend, daß sie nie an sich denken, sondern ihre Gedanken nur auf geeignete Verehrer für die Zwillinge richten durfte.

Der Marquis drehte sich um und lächelte und schaute ihr ins Gesicht. Es war ganz so, als hätte er erwartet, daß sie ihm vom Fenster aus nachsah, wie ein... wie ein mondsüchtiges Kalb, dachte Harriet und wandte sich ab. Es war wichtig, daß sie schnell feste Freundschaften mit den anderen Anstandsdamen auf dem Ball schloß. Der schöne Marquis war offenbar ein Wüstling. Nicht passend, sagte ihr die Stimme ihrer Mutter ins Ohr. Überhaupt nicht passend!

4

Der Frühling bewirkte im West End von London eine geradezu fieberhafte, verfrühte Hektik. Es war, als handelte es sich um den ersten Abend der Saison und nicht lediglich um den Beginn der Vorbereitungen darauf.

Noch bevor die Lampenanzünder ihre Runde gemacht hatten, konnte man in den Fenstern der Stadthäuser die Kerzen wie Leuchtkäfer von einem Zimmer ins andere wandern sehen, als die jungen Damen und ihre Zofen nach all den wichtigen Schleifen und Federn und Fächern suchten. Der Geruch von leicht angesengten Haaren, die um Hunderte von Lockenscheren gewunden wurden, lag in der Luft. Lakaien in Livree flitzten durch die Straßen und überbrachten Botschaften von Lord X und Miss Y. Lambeth Mews, am Ende der Clarges Street, war von lärmender Geschäftigkeit erfüllt – die Stallknechte putzten die Kutschen und polierten den Lack auf Hochglanz.

Harriet hatte für die Saison eine Equipage gemietet, wobei sie sich, vorsichtig wie sie war, für eine geschlossene entschieden hatte. Die Zwillinge hatten geschmollt, weil es ihnen lieber gewesen wäre, ihre Reize in einer offenen Kutsche darzubieten, aber Harriet war unerwartet fest geblieben. Das englische Wetter war trügerisch; sie wollte das Haynersche Geld nicht an so extravagante Ausgaben wie zwei Kutschen verschwenden oder ihre Schützlinge völlig durchnäßt am Ziel ankommen lassen.

Nach einigem Protestieren hatten die Zwillinge jedoch wohlerzogen nachgegeben, genauso wie sie die sehr wenigen anderen Einschränkungen, die ihnen Harriet auferlegte, hinnahmen. Als Harriet ihr Kleid für den Ball aus dem Schrank holte, wurde sie dennoch von einem schmerzlichen Gefühl des Unbehagens gequält. Sie war Sarah und Annabelle nicht nähergekommen. Sie waren reizend zu ihr und verhielten sich immer korrekt, aber manchmal ertappte sie sie dabei, wie sie verstohlene Blicke austauschten, und es bedrückte sie, daß sie nicht wußte, was sie wirklich von ihr hielten. Dann schüttelte sie die Zweifel ab. Sie waren ja eigentlich noch in Trauer. Ihr Vater war erst vor kurzer Zeit gestorben. Es war nur natürlich, daß sie sich gegen die Welt zusammentaten. Harriet war zunächst ein bißchen schockiert gewesen, als sie erfuhr, daß Sir Benjamin nicht wollte, daß seine Töchter um ihn Trauer trugen und daß er den strengen Befehl hinterlassen hatte, sie sollten nicht einmal in Halbtrauer auftreten.

Harriet hatte beschlossen, bei ihrem ersten Erscheinen in der Öffentlichkeit etwas Gedämpftes zu tragen, wie es ihrer Rolle als Anstandsdame entsprach. Sie hatte sich ein Kleid aus silbergrauem Moiré machen lassen. Die vornehme Schneiderin hatte es trotzdem für Harriets eher ländliche Vorstellungen zu einer zu modischen Angelegenheit gemacht, da es ein tiefes Dekolleté hatte, eine hohe Taille und mit drei üppigen Volants abschloß.

Sie fragte sich, ob sie nach Emily, der Zofe, klingeln sollte, damit ihr diese mit den Bändern half, aber sie beschloß dann, sich lieber allein anzuziehen, weil Emily etwas an sich hatte, das sie nicht recht mochte – ein unangenehmes Gefühl für Harriet, die dazu neigte, allen Leuten erst einmal Vertrauen entgegenzubringen.

Sie legte die Brennschere zum Erhitzen auf den kleinen Spiritusofen und dachte über die früheren Bewohner von Nummer 67 nach. Was für andere junge Damen hatten wohl in diesem Zimmer gewohnt und sich in der fremden Umgebung auf einen Ball vorbereitet? Harriet hatte das Schlafzimmer neben dem Speisezimmer im ersten Stock für sich gewählt, während Sarah und Annabelle im Stockwerk darüber schliefen. Harriets Zimmer wurde von einem großen Doppelbett und einem wuchtigen Barockschrank beherrscht. Zwar waren die Vorhänge am Fenster und um das Bett herum aus roter Seide und die Möbel auf Hochglanz poliert, aber das Zimmer hatte die Atmosphäre eines gemieteten Zimmers. Es gab weder Bilder noch sonstiges schmückendes Beiwerk oder anheimelnden Krimskrams, wie er sich in der eigenen Wohnung im Laufe der Zeit ansammelt.

Ein kleiner Schauer überlief sie in ihrem dünnen Unterkleid, und sie bückte sich, um Kohle nachzulegen. Die allerletzte Mode hatte die stille Gegend von Upper Marcham noch nicht erreicht, und Harriet war zuerst schockiert gewesen, als sie die beinahe durchsichtigen Kleider sah, die man in London tragen mußte. Die

Times hatte erst vor kurzem mit beißendem Spott geäußert: »Die Mode der falschen Busen hat doch immerhin den Vorteil, daß sie das schöne Geschlecht zwingt, wenigstens etwas zu tragen.«

Harriet hatte sich strikt geweigert, eine Unterhose anzuziehen, eine neue Mode, die sie für höchst unanständig hielt. Unterhosen waren immer den Männern vorbehalten gewesen. Aber mit einem Unterkleid oder dünnen Unterrock – das alte Wort Unterhemd galt jetzt als vulgär – hatte sie sich abgefunden. Schließlich war er das einzige, was die meisten jungen Damen unter dem Kleid trugen. Das Unterkleid war knielang. Der Ausschnitt – sehr tief, um der neuesten Mode zu entsprechen – viereckig und mit einer gerafften Musselinrüsche eingefaßt.

Sie zog ein paar Seidenstrümpfe an, streifte die Strumpfbänder über und wandte sich dann mit einem Seufzer ihrem üppigen Haar zu, bevor sie ihr Ballkleid anzog.

Sie hatte die erste Strähne in der Hand und wand sie um die Lokkenschere, als das Gesicht des Marquis of Huntingdon vor ihrem geistigen Auge auftauchte. Sie sah seine spöttischen haselnußbraunen Augen und seinen lächelnden Mund; sie hörte den zärtlich-heiseren Ton seiner Stimme und fuhr erschrocken zusammen, als ihre Haare, die zu lange in der Lockenschere waren, zu knistern begannen. Harriet mußte sich auf den kleinen Hocker mit Petitpoint-Stikkerei vor dem Toilettentisch setzen, eine so starke Erschütterung hatte sich ihrer bemächtigt.

Sie hatte einen Moment lang seine Gegenwart so lebhaft empfunden, als ob er in das Zimmer getreten sei und neben ihr stehe. Sie preßte ihre sanften Lippen entschlossen zusammen. Bisher war es ihr recht gut gelungen, Sarah und Annabelle in die Gesellschaft einzuführen. Miss Spencer wäre erstaunt, wenn sie wüßte, wie geschickt sie vorging. Sie ließ sich nicht von den Verführungskünsten eines Wüstlings vom rechten Weg abbringen. Und Harriet war überzeugt davon, daß Huntingdon ein Wüstling war. Nachdem sie bisher jedem, dem sie begegnete, vertraut hatte, wurde sie hier in London allmählich vorsichtig wie ein junges Tier, das sich in einem Dschungel verlaufen hat. An dem Marquis war etwas nicht in Ordnung, etwas, das ihr ruhiges Leben und ihre Sicherheit bedrohte.

Sie nahm die Lockenschere wieder zur Hand und überraschte sich selbst dadurch, daß sie die hübscheste Frisur zustande brachte, die ihr je gelungen war. Sie band ein langes silbergraues Band um ihre weichen Locken und gab damit der Frisur die griechische Note, die bei den vornehmen Damen so beliebt war. So entschlossen richtete sie ihre ganze Aufmerksamkeit auf die Vorbereitungen für den Ball, daß es ihr schnell gelang, jeden Gedanken an den Marquis of Huntingdon zu verbannen.

England machte gerade eine kurze Phase einer Scheindemokratie durch, weswegen der Abendanzug des Marquis of Huntingdon auch nicht den kleinsten Blick auf die Hemdmanschetten freigeben durfte. Dieser schmale weiße Streifen, der die Gesellschaft in zwei Klassen teilte, weil er den untätigen Gentleman vom Handwerker trennte, galt nun als undemokratisch. Die Sache war vor siebzehn Jahren Mode geworden, und Gentlemen wie der Marquis hatten offensichtlich den Grund dafür vergessen – denn auf seinem Ankleidetisch wartete eine prächtige Saphirnadel darauf, in den schneeweißen Falten seiner gestärkten Halskrause zu verschwinden. Die Wäschestärke war von Brummell, dem berühmten Dandy, eingeführt worden. Diese Neuerung hatte ihm sogar eine Erwähnung in der Zeitung eingebracht: »Als er das erste Mal mit seiner gestärkten Halskrause in der Öffentlichkeit erschien, gab es ein gewaltiges Aufsehen; vor Neid verschlug es den Dandys die Sprache, und die Waschfrauen erlitten Fehlgeburten.«

Neben Brummells Halsbinden erregten die des Marquis den Neid der eleganten Welt; und im Gegensatz zu Brummell fiel es dem Marquis gewöhnlich nicht schwer, den gestärkten Stoff in Falten zu legen, die wie ein Kunstwerk eines Bildhauers aussahen. Aber heute hatte ihn aus irgendeinem Grund die magische Kraft seiner Hände verlassen. Er gab Harriet Metcalf die Schuld daran. Er konnte sie nicht aus seinen Gedanken verbannen. Ich werde älter, dachte er erbittert, als er die nächste mißlungene Halsbinde auf den Boden warf. Er hatte eine kluge, witzige und gut zu ihm passende Mätresse; sein Vermögen erlaubte ihm zu reisen; er hatte in Amerika hart gearbeitet und lange von den oberflächlichen Genüssen der Londoner Saison geträumt; und er war ganz bestimmt erfahren genug, sich nicht von einer Unschuld vom Lande mit blonden Haaren und großen blauen Augen bezaubern zu lassen. Harriet Metcalf – davon war er überzeugt – gehörte zu dieser ganz seltenen Sorte von Frauen, die herzensgut sind, und es gab bestimmt nichts Langweiligeres als das. Dennoch konnte er ihre Sanftheit, ihre Weiblichkeit und die Rundung ihres Busens nicht vergessen. Ihre angenehme Stimme klang ihm in den Ohren. – Er hatte beschlossen, sie auf dem Ball zu ignorieren. Eigentlich wollte er nicht einmal auf diesen verfluchten Ball gehen, aber er hatte Lady Phillips – die darüber überaus erfreut war – eigens einen Besuch abgestattet, um ihr zu erklären, daß er doch kommen würde, und er hatte Lord Vere versprochen, ihn zu begleiten. Jetzt beschloß er, daß es vielleicht das beste sei, Miss Metcalf ausfindig zu machen, mit ihr zu sprechen, festzustellen, daß sie genauso dumm und langweilig war, wie er sie sich bei näherer Bekanntschaft vorstellte, und dann würde der morgige Ausflug diesem seltsamen frühlingshaften Sehnen sicherlich ein Ende bereiten.

Um zehn Uhr abends saß Harriet bescheiden mit den anderen Anstandsdamen an der Wand des Ballsaals. Sie war recht zufrieden damit. Als Wächterin über zwei junge Damen mit durchaus beachtlicher Mitgift wurde sie in der Mitte der anderen Damen willkommen geheißen und mit den neuesten Klatschgeschichten versorgt. Es ging das Gerücht, daß der König wieder in die Zwangsjacke gesteckt worden sei, und jetzt würde sicherlich der arme Prinz Regent werden. Aber King George hatte sich schließlich eingebildet, er sei ein Quäker und war in Quäkerkleidung herumgelaufen. Und er hatte sich lange Zeit nicht rasiert und sah aus wie Mr. Kemble als König Lear. Was denn Miss Metcalf von der Mode halte, zu Hause nur Schürzen über dem Unterkleid zu tragen?

Harriet unterhielt sich prächtig und merkte gar nicht, wieviel Aufmerksamkeit ihre blendende Erscheinung erregte. Zahlreiche Herren hätten sich ihr gerne genähert, aber sie schien so ins Gespräch versunken mit dieser furchteinflößenden Gruppe von alten Dragonern, daß sie es nicht wagten. Neben Harriet saß die Baroness Villiers, eine barsche, reizbare alte Dame, deren leichtsinnige Enkeltochter gerade auf dem Tanzboden über die Füße eines Gardeoffiziers fiel und sich ausschüttete vor Lachen.

»Ich wünschte, sie würde sich nicht so benehmen«, sagte die Baroness ärgerlich. »Ihre Mädchen benehmen sich wie Engel. Ich wünschte, meine Amelia würde sie sich zum Vorbild nehmen.«

»Amelia scheint den Herren zu gefallen«, erwiderte Harriet. »Sie hat so ein fröhliches, natürliches Wesen.« Sie verstummte, als Sarah und Annabelle in ihr Blickfeld gerieten. Harriet mußte zugeben, daß die beiden gut aussahen, auch wenn es ihr lieber gewesen wäre, wenn Pastellfarben, die ihnen gar nicht standen, nicht ganz so modern gewesen wären. Sarah war in Blau und Annabelle in Rosa. Sarah hatte eine schöne Saphirkette umgelegt, und Annabelle trug ein Diamantkollier. Sie kokettierten mit ihren Partner genauso, wie es sich gehörte – ihre Augenlider und Fächer flatterten um die Wette.

Was für zwei Schauspielerinnen sie doch sind, sinnierte Harriet, und dann erschrak sie über ihre eigenen Gedanken. London macht mich irgendwie unbarmherzig, schalt sie sich. Sie wandte sich wieder der Baroness zu und mußte zu ihrem Entsetzen feststellen, daß sie sich bei dem Wunsch ertappte, die Dame möge sich rasieren, denn der graue Schnurrbart und der leichte Backenbart der Baroness brachten sie aus der Fassung.

»Heute hat mich der Marquis of Huntingdon besucht«, erzählte Harriet. »Er war meinem Lakaien begegnet, als dieser meinen Hund spazierenführte, und sah sofort, daß das Tier krank war. Er hat mir eine Tinktur für ihn gebracht. Er kam zusammen mit Lord Vere.«

»Hm!« machte die Baroness. »Lord Vere ist in Ordnung. Eine gute Familie und sehr vermögend.«

»Und Lord Huntingdon?«

»Ein schamloser Draufgänger, meine Liebe, den Sie sich vom Leibe halten müssen. Sehen Sie Belinda Romney da drüben? Nein, nein, die, die mit dem langen Elend dort tanzt? Nun, Mrs. Romney ist seine Mätresse – erst seit kurzem. Er hat ihr die Smaragde geschenkt, weil sie so gut zu ihren Augen passen.«

Harriet schaute sich Mrs. Romney an. Sie war eine üppige Brünette mit zarter Haut und schelmischen Augen. Ihr Kleid war an einer Seite gerafft, so daß es die pinkfarbenen Strümpfe enthüllte, und es war aus so dünnem Material, daß man unschwer erkennen konnte, daß die Strümpfe das einzige waren, was sie darunter trug.

»Und was hält Mr. Romney von der Verbindung?« fragte Harriet.

»Er ist vor zwei Jahren gestorben und hat ihr nichts als Schulden hinterlassen. Deshalb ist Huntingdon für sie ein ausgesprochener Glücksfall, wo er doch erst vor kurzem in die Hauptstadt gekommen ist. Er ist immer freigebig zu seinen Mätressen gewesen, das muß man dem Mann lassen.«

Harriet fühlte sich sehr niedergeschlagen. Obwohl sie es sich schon gedacht hatte, daß er ein Wüstling sei, hatte sie doch gehofft, eines Besseren belehrt zu werden. Schließlich hatte er Beauty geholfen, und das hätte ja der Beweis für ein gutes Herz sein können. Aber Harriet fiel es jetzt sehr schwer, ihn für gut zu halten. Mrs. Romney war als arme Witwe zurückgeblieben und hatte offenbar dringend Geld gebraucht, und der Marquis hatte ihre Notlage ausgenutzt.

An Harriets anderer Seite saß Mrs. Cramp, die zwei hoffnungsvolle Töchter zum Ballfest begleitet hatte. Sie kamen häufig herbeigesprungen, um mit ihrer Mama zu plaudern, sie zu fragen, ob es ihr gutging, und ihr von ihren Tanzpartnern zu erzählen. Sogar die Enkelin der Baroness, Amelia, kam zwischen den Tänzen, um mit ihrer Großmutter zu schwatzen. Aber weder Sarah noch Annabelle kamen in Harriets Nähe, ja, sie schauten nicht einmal herüber zu ihr.

»Da kommen Huntingdon und Vere«, sagte Mrs. Cramp plötzlich. »Es ist wirklich kein Wunder, daß die Frauen Huntingdon zu Füßen liegen! Zu schade, daß er ein notorischer Schürzenjäger ist.«

»Ja«, stimmte Harriet ein bißchen traurig zu. Denn als der Marquis den Ballsaal betrat, sah er genauso aus, wie sich jede Frau ihren Helden erträumt, angefangen bei seinem schönen Gesicht über die schlanke Taille bis hinunter zu seinen wohlgeformten Beinen. Seine elegante Kleidung zeugte von exquisitem Geschmack. Die leichte Bräunung seines Gesichts war nicht der Tönung mit Walnußsaft zu verdanken, und auch seine Hände waren nicht gefärbt, wie die manch anderer Herren, die die Handrücken mit weißer Bleifarbe bestrichen und die Innenflächen mit Koschenille zartrosa färbten.

Lord Vere wäre am liebsten auf der Stelle zu Harriet hinübergegangen, aber er hatte Pech – ein Herr hielt ihn am Ärmel fest und begann dem verärgerten Lord einen langen und langweiligen Bericht über das, was Brummell zu Lord Alvanley gesagt hatte, zu erstatten. Lord Vere hörte schlechtgelaunt mit halbem Ohr zu, während er beobachtete, wie der Marquis lässig um den Tanzboden herumschlenderte und auf Harriet zuging. »Er hat zu mir gesagt, daß er nichts mit ihr zu tun haben will«, murrte Lord Vere.

»Wer? Was?« wollte der langweilige Gentleman wissen, seine Erzählung kurz unterbrechend.

»Was will Huntingdon?« fragte Mrs. Cramp. Harriet schaute rechtzeitig genug auf, um den Marquis auf sich zukommen zu sehen. Sie schlug die Augen aber gleich wieder nieder und betrachtete eingehend das Bild auf ihrem Fächer. Als er schließlich vor ihr stand, musterte sie interessiert die Schuhspitzen des Marquis.

»Tanzen Sie nicht, Miss Metcalf?« fragte er.

Harriet richtete die blauen Augen auf ihn. »Nein, Mylord, ich habe hier die Pflichten einer Anstandsdame zu erfüllen.«

Die Baroness Villiers und Mrs. Cramp tauschten über Harriets Kopf hinweg Blicke aus. Sie hielten beide dieses neue Mitglied ihrer Kreise für ein bezauberndes kleines Ding. Huntingdon war ein Wüstling mit der Moral eines Straßenkaters, aber es war doch eine Schande, daß die kleine Miss Metcalf überhaupt keine Freude haben sollte. Sie war bestimmt genauso jung wie die Debütantinnen.

»Gehen Sie nur«, sagte die Baroness herzlich. »Ihre Schützlinge benehmen sich sehr artig. Eine Dame in Ihrem zarten Alter gehört doch nicht hierher zu uns.«

»Nehmen Sie Lord Huntingdons Aufforderung ruhig an«, drängte auch Mrs. Cramp, die, obwohl sie sich gerade gegenteilig geäußert hatte, sehr viel für Verführer übrig hatte. »Ich werde Ihre Schutzbefohlenen im Auge behalten.«

»Sehr wohl«, sagte Harriet leise. Es erschien ihr besser, mit dem Marquis zu tanzen, als mit ihren neuen Freundinnen einen Streit anzufangen.

Es war ein Volkstanz, der fast eine halbe Stunde dauerte, was mehr als genug war, um der großen Welt zu erlauben, festzustellen, wie hübsch die kleine Miss Metcalf tanzte und wie wohl sich Huntingdon in ihrer Gesellschaft zu fühlen schien.

Durch Zufall hatte weder Sarah noch Annabelle bei diesem Tanz einen Partner gefunden. Sie zogen sich in eine Ecke des Saals zurück und entfalteten ihre Fächer, um hinter ihnen flüstern zu können.

»Oh!« stieß Sarah ärgerlich hervor. »Wer ist dieser göttliche Mann mit der reizlosen Harriet?«

»Ich habe sofort meinen Tanzpartner gefragt, als er den Saal betrat«, antwortete Annabelle. »Das, geliebtes Schwesterchen, ist der Marquis of Huntingdon, unheimlich reich. Ein Frauenheld.«

»Harriet hat kein Recht, hier herumzutanzen«, sagte Sarah. »*Wir* sollen in die Gesellschaft eingeführt werden, nicht sie. Ihr Kleid ist auch ganz unpassend.«

Die beiden Mädchen ließen ihre Fächer sinken und begutachteten mit bösen Blicken das silbergraue Moirékleid. Man mußte zugeben, daß es sehr einfach war und fast schmucklos, abgesehen von den drei hohen Volants und einer zarten Korallenkette, die Harriet um den Hals trug. Das Dekolleté war tief, aber nicht so tief wie das manch anderer Damen. Aber die Eleganz des Schnittes brachte ihre Figur vorteilhaft zur Geltung und unterstrich die Anmut ihrer Bewegungen, obwohl keines der Mädchen zugegeben hätte, daß es diesen zusätzlichen Vorzug überhaupt bemerkte.

Annabelle gähnte. Wie üblich war sie müde. »Dann ist es vielleicht Zeit, Emily einzusetzen«, sagte sie gedehnt. »Emily kann so schön klatschen. Sie hat alles, was wir ihr über Harriet erzählt haben, an die Leute im Dorf weitergegeben.«

Die beiden Mädchen genossen die Erinnerung daran. »Erinnerst du dich noch an den Kurzwarenhändler, Mr. James«, sagte Sarah, »der jedesmal rot anlief, wenn er Harriet sah? Man hätte nicht gedacht, daß er auch nur ein böses Wort über sie glauben würde. Aber er hat es geglaubt, als Emily ihm erzählte, daß Harriet sich mit bestimmten Absichten in das Herz unseres Vaters geschlichen hat. Emily muß sehr überzeugend gewesen sein.«

»Ich bin überrascht, daß er ihr geglaubt hat«, sagte Annabelle.

»Oh, sie hat es ihm nicht direkt erzählt. Sie ist in seinem Laden in Tränen ausgebrochen und hat der alten Vettel, Mrs. Winter, der Hausdame des Colonels, ihr Herz ausgeschüttet, und Mr. James hat gefragt, was los sei. Er hat es zuerst nicht geglaubt, aber dann hat er es am selben Tag noch aus anderer Quelle erfahren und am nächsten Tag wieder von woanders her.«

»Nun, mir gefällt die Art nicht, wie Harriet unser Geld für ihre Garderobe verschwendet«, sagte Annabelle säuerlich. »Sie trägt ein teures Kleid und tanzt mit dem bestaussehenden Mann im Saal, als ob sie Debütantin wäre und wir die Anstandsdamen. Ich bin so hungrig. Nach diesem Tanz wollen wir zu Abend essen. Es ist so peinlich, keinen Partner zu haben.«

»Ja«, stimmte Sarah geistesabwesend zu, während ihre Augen auf Harriet lagen. »Ich glaube, die liebe Harriet bekommt ein bißchen zuviel Zuwendung. Emily ist uns sehr ergeben. Es würde nicht schaden, wenn sie allmählich ein Wörtchen hier und ein Wörtchen da fallenließe, wie sie es bei uns im Dorf machte. Sie kann bei den Dienstboten beginnen. Und da wir schon bei ihnen sind, hast du je eine so merkwürdige Versammlung gesehen? Kein Wunder, daß es in Nummer 67 Mord und Totschlag gegeben hat! Ich habe neulich den Koch von unten heraufkommen sehen, und er sah aus, als ob er einem auf der Stelle die Kehle durchschneiden könnte. Dieser Rainbird hat mehr von einem Scharlatan als von einem Butler an sich, und sie behandeln uns nicht mit dem richtigen Respekt. Diener müssen ihre Herren fürchten. Oh, schau, der Tanz ist zu Ende.«

Die beiden Mädchen ließen ihre Fächer sinken und machten den Männern so schöne Augen, daß sie bald zwei Kavaliere zur Seite hatten, die sie zum Supper führten.

Sie hätten sich sehr gewundert, wenn sie gewußt hätten, daß Harriet bei dem Gedanken, mit Lord Huntingdon zu Abend essen zu müssen, ganz unglücklich war. Harriet war froh gewesen, daß die Schritte des munteren Volkstanzes ein Gespräch unmöglich gemacht hatten. Jetzt aber mußte sie aus dem einfachen Grund, weil er beim letzten Tanz vor dem Supper ihr Partner gewesen war, mit ihm zu Tisch gehen. Zum Glück war er ohnehin für keines der Mädchen eine passende Partie. Sie hätte nie mehr ein ruhiges Gewissen gehabt, wenn sie Sarah oder Annabelle zu solch einem gerissenen Erobarertyp verholfen hätte.

Der Marquis musterte ihr niedergeschlagenes Gesicht und merkte, wie wütend er wurde. Er hatte noch nie so viele Umstände wegen eines Frauenzimmers gemacht, und statt daß Miss Metcalf sich überaus geehrt fühlte, blickte sie drein, als ob er sie zum Galgen und nicht auf einem eleganten Ball zum Supper führte. Seine Mätresse durchbohrte ihn mit Blicken, und er wußte, daß ihm eine stürmische Szene bevorstand. Er wünschte, er hätte sie der Obhut des alten Lord Brothers überlassen. Belinda war köstlich, aber sie wurde zunehmend eifersüchtiger.

Der Speisesaal war in indischem Stil dekoriert, mit herrlichen Seidenstoffen drapiert und mit großen Palmen geschmückt.

Er war erfüllt von Stimmengewirr. Harriet blickte auf die Auswahl an Delikatessen auf ihrem Teller und spürte, daß sie nichts davon hinunterbringen konnte. Sie war sich der Augen des Marquis, die auf ihr ruhten, zu sehr bewußt. Sie war sich auch der Stärke seiner Persönlichkeit bewußt, einer Persönlichkeit, die sie beherrschen zu wollen schien. Harriet war daran gewöhnt, bevormundet zu werden. Ihre Eltern hatten sie fest am Gängelband gehalten, und nach ihrem Tod hatte es sich Sir Benjamin angewöhnt, ihr Vorschriften zu machen. Sogar Josephine – Miss Spencer – hatte Harriet gelegentlich liebevoll als Gänschen bezeichnet und sich eingemischt, um ihre Angelegenheiten für sie zu erledigen. Aber seit sie in London war, hatte ihr der Wunsch, für Sarah und Annabelle das Beste zu erreichen, neuen Mut und Unabhängigkeit gegeben. Obwohl sie es selbst noch gar nicht recht wußte, war sie nahe daran, zu entdecken, daß sie es vorzog, ihre Entschlüsse selbständig zu fassen.

»Woher kommen Sie, Miss Metcalf?« hörte sie den Marquis fragen.

»Aus Upper Marcham, einem kleinen Dorf in Barshire.«

»Und haben Sie dort viel Abwechslung?«

»Nicht, seitdem meine Eltern gestorben sind, was vor etwa sieben Jahren war«, sagte Harriet. »Vorher haben sie mich zu Gesellschaften nach Barminster mitgenommen.«

»Es erstaunt mich, daß Sie noch unverheiratet sind.«

Ihre blauen Augen blickten ihn ohne Scheu, aber ein wenig verwundert über seine Offenheit an. »Das ist ganz einfach, Sir«, sagte sie, »ich habe keine Mitgift.«

»Und ich hätte gedacht, Ihr Gesicht sei Mitgift genug«, erwiderte er. Sein Ton war warmherzig und spöttisch zugleich; der Ton eines erfahrenen Verführers, dachte Harriet.

»Das Gesicht allein genügt nicht, Mylord«, sagte sie abweisend.

»Kommen Sie, ich kann nicht glauben, daß nie jemand um Ihre Hand angehalten hat.«

»Ja, schon, als meine Eltern noch lebten, aber Mama hat sie für unpassend gehalten.«

»Und Sie?«

Harriet schaute ihn überrascht an. »Ich habe g-gar nichts gemeint«, stammelte sie. »Man muß immer das Urteil seiner Eltern ehren.«

»Auch wenn das Gefühl im Spiel ist?«

»Ich glaube nicht, daß Gefühle viel mit der Ehe zu tun haben«, erwiderte Harriet. »Eine Lady muß einen passenden Mann heiraten. Wenn auch ihr Herz ja sagt, dann kann sie sich glücklich preisen.«

»Aber Sie scheinen nicht der Ansicht zu sein, daß es viele solcher glücklichen Frauen gibt?«

»Nein, Liebe scheint man eher außerhalb der Ehe zu finden – wie in Ihrem Fall.«

Sie wurde über und über rot.

»Wein, Miss Metcalf?« fragte er scheinbar unberührt, während er innerlich kochte. Aber er war schließlich selbst schuld. Das kam dabei heraus, wenn man Schönheiten vom Lande zu Unverschämtheiten ermutigte. Es war jedoch gar nicht so einfach, lange wütend auf sie zu sein, wenn sie so beschämt und niedergeschlagen dreinsah. Die seltene Kombination von Unschuld und Sinnlichkeit erregte seine Sinne immer mehr. Aber er würde sich nicht darauf einlassen. Er wollte nicht heiraten. Er war vor langer Zeit einmal verheiratet gewesen, mit der hübschen Dorothy, einem reizenden Geschöpf, das an Schwindsucht starb und ihm die Pein ersparte, sich von ihr wegen ganz offensichtlicher Untreue scheiden lassen zu müssen. Und Dorothy war einmal so unschuldig gewesen wie diese Miss Metcalf. Die Frauen waren alle gleich; wenn sie die Blüte der Jugend hinter sich hatten, verwandelten sie sich in herzlose Flittchen. Und Miss Metcalf war bei all ihrer Unschuld eine gewisse kommerzielle Denkweise nicht abzusprechen.

»Ich entschuldige mich für meine letzte Bemerkung«, sagte Harriet förmlich. »Es – es – ist mir so herausgerutscht.«

»Ich nehme Ihre Entschuldigung an«, sagte er. »Vielleicht finden Sie in dieser Saison ja doch noch einen Ehemann, Miss Metcalf.«

»Ich bin nur daran interessiert, für die Misses Hayner Gatten zu finden«, sagte Harriet, »und ich erwarte dabei keinerlei Schwierigkeiten. Beide sind ganz reizend und begabt.«

»Und wo sind diese Muster von Mädchen?«

Harriet deutete durch ein Nicken ihres Kopfes in die rechte Ecke des Saals. »Sarah ist die in Blau und Annabelle die in Rosa. Sie sind Zwillinge.« In ihrer Stimme lag Stolz.

Der Marquis ließ das Monokel, das er gehoben hatte, um die Mädchen zu betrachten, wieder fallen. Er fand, sie sahen aus wie all die anderen langweiligen Debütantinnen, denen er bisher begegnet war, und er ertappte sich dabei, daß er hoffte, die Zwillinge möchten sich der Liebe und des Stolzes, die Miss Metcalf für sie empfand, würdig erweisen.

»Sie essen ja gar nichts«, sagte er und schaute auf ihren unberührten Teller.

»Mir ist der Appetit vergangen.«

Der Marquis lächelte und sah ihr in die Augen. »Darf ich hoffen, daß ich Ihnen den Appetit geraubt habe?«

»Nein, das dürfen Sie nicht«, erwiderte Harriet rundheraus. »Und außerdem ist das sowieso eine sehr dumme Hoffnung.«

Sie starrten einander überrascht an – Harriet war genauso erstaunt über ihre Unhöflichkeit, wie es der Marquis offensichtlich war.

»Entschuldigen Sie sich bloß nicht noch einmal«, sagte er. »Lassen Sie uns lieber über etwas absolut Ungefährliches sprechen, zum Beispiel über das Wetter.«

»Oder wir können mit Lord Vere reden statt miteinander«, sagte Harriet.

»Sie meinen, wenn er hier wäre.«

»Er ist hier«, sagte eine Stimme hinter dem Marquis. Lord Vere war an den Tisch getreten und machte Anstalten, sich ihnen zuzugesellen.

»Ich dachte, du speist mit Miss Johnson«, sagte der Marquis und machte seinem Freund Platz.

»Das habe ich auch getan, aber ich war so ungeschickt, ihr ein Glas Wein über das Kleid zu schütten, und jetzt ist die arme Miss Johnson hinausgegangen, um den Schaden zu beheben.«

Der Marquis schaute Lord Vere nachdenklich an, als frage er

sich, ob sein Freund den Wein absichtlich über das Kleid seiner Partnerin geschüttet hatte.

»Wie geht es Ihrem Hund?« fragte Lord Vere.

»Es scheint ihm etwas besser zu gehen«, antwortete Harriet. »Ich schäme mich so sehr, daß ich nicht gemerkt habe, daß er nicht in Ordnung war.«

»Es ist verständlich, daß Sie mit der wichtigen Aufgabe, zwei junge Damen in die Gesellschaft einzuführen, vollauf beschäftigt sind«, meinte Lord Vere, und seine schwarzen Augen leuchteten vor Bewunderung. »Sie machen Ihnen wirklich Ehre, Miss Metcalf. Man hat sie mir gezeigt, und ich war beeindruckt von ihren guten Manieren.«

»Wie nett, daß Sie das sagen!« Harriet nahm ihre Gabel in die Hand und begann geistesabwesend ein paar von den Leckerbissen zu essen. »Ich gestehe, daß ich überhaupt nicht wußte, wie ich vorgehen sollte. Ich habe keinerlei Ahnung von der großen Welt, aber die Leute waren alle wirklich reizend und zuvorkommend.«

»Ich bin der Meinung, daß Sie das Beste in uns allen zum Vorschein bringen«, sagte Lord Vere, und Harriet nahm das Kompliment mit einem bezaubernden, perlenden Lachen auf.

Der Marquis war nie zuvor in seinem Leben von irgendeinem Mann ausgestochen worden, aber er mußte zugeben, daß Lord Vere ihn heute übertraf. Die beiden Gesprächsthemen, die Harriet am meisten am Herzen lagen, schienen ihr räudiger Hund und ihre albernen Schützlinge zu sein.

Lord Vere hatte sich zwischen den Marquis und Harriet gesetzt. Er wandte sich ihr ganz zu und verdeckte dem Marquis fast den Blick auf sie.

»Es tut mir leid, daß ich nicht das Vergnügen habe, morgen mit Ihnen auszufahren«, sagte er. »Aber darf ich Sie besuchen?«

»Natürlich«, sagte Harriet mit einem Lächeln. »Sarah und Annabelle werden entzückt sein, Ihre Bekanntschaft zu machen.«

»Haben Sie vor, in die Oper zu gehen?« fragte Lord Vere.

»Ich muß eine Loge mieten. Ich habe es bisher noch nicht getan, und... und ich glaube, die Schirmherrinnen der Oper sind äußerst anspruchsvoll, genau wie die von Almack, und da ich nicht recht weiß, wie ich es machen muß, habe ich es lieber aufgeschoben.«

»Miss Metcalf, es würde mich mit Stolz und Freude erfüllen, wenn ich die Anmietung einer Loge für Sie übernehmen dürfte. Es wird keinen Ärger mit den Schirmherrinnen geben. London hat manch eine Saison keine solche Schönheit mehr gesehen.«

»Wie reizend von Ihnen, das zu sagen«, erwiderte Harriet mit leuchtenden Augen. »Ich werde Sarah und Annabelle Ihr Kompliment weitergeben.«

Der Marquis amüsierte sich voller Zynismus. Es war für ihn ganz klar, daß es Gilbert drängte, der naiven Miss Metcalf zu sagen, daß das Kompliment für sie bestimmt war, aber daß er jetzt bei sich beschloß, es sei zu plump und flegelhaft, das zu betonen. Gleichzeitig verspürte der Marquis aber auch eine gewisse Verärgerung, daß sie in Gilberts Gesellschaft so entspannt und locker wirkte. Doch war Harriet an Lord Vere nur als möglichem Verehrer für Sarah und Annabelle interessiert. Sie mochte sein ungezwungenes, natürliches Benehmen. Er sah gut aus, aber nicht auf die verwirrende und überwältigende Art wie der Marquis. Sie fühlte sich in seiner Gesellschaft sehr wohl und wünschte, der Marquis würde gehen.

Als ob er ihre Gedanken erraten hätte, erhob sich der Marquis, verbeugte und verabschiedete sich. Als er auf das Spielzimmer zuging, redete er sich ein, daß Harriet Metcalf genauso langweilig und naiv sei, wie er es erwartet hatte. Sie war keinen weiteren Gedanken wert!

Aber offensichtlich war auch keine andere Frau auf dem Ball einen weiteren Gedanken wert. Der schöne Marquis ließ sich mit seinen Freunden zu einer Partie Whist nieder und vergaß sogar seine Geliebte, Belinda Romney – Belinda, die Harriet mit eifersüchtigen Blicken verfolgte und diesen Neuling in der Londoner Gesellschaft für die Kälte und Gleichgültigkeit ihres sonst so aufmerksamen Liebhabers verantwortlich machte.

5

Ach, was mußte Harriet für ein Geschrei und ein Gekichere, das immer wieder von dem Ausruf »Oh, du böse Heimlichtuerin« unterbrochen wurde, über sich ergehen lassen, als sie Sarah und Annabelle die Geschichte von Beautys Retter erzählte. Nie zuvor hatten die Zwillinge Harriet soviel Zuneigung gezeigt. Nie zuvor war ihre Eitelkeit so zügellos gewesen. Für sie war alles ganz klar: Die beiden Herren hatten nur deshalb mit Harriet bekannt werden wollen, damit diese sie ihnen vorstellte. Denn es war ja wohl unvorstellbar, daß der hinreißend schöne und unglaublich reiche Marquis of Huntingdon sich auch nur im geringsten für das Wohlbefinden eines so häßlichen Köters, wie Beauty es war, interessierte.

Und Harriet hatte sich so verhalten, wie es ihre Pflicht war – so viel gestanden sie ihr zu, als sie sich zum Schlafengehen fertig machten. Sie würden ihre Hinrichtung noch einmal aufschieben. Es war nicht notwendig, Harriets Ruf zu ruinieren, solange sich Harriet so bewundernswert benahm. Bevor Lord Vere den Ball verließ, hatte er Harriet angekündigt, er werde sie um drei Uhr am nächsten Tag besuchen; der Marquis wollte um drei Viertel fünf kommen.

Die beiden Mädchen erörterten die Vorzüge dieser Freier und kamen dann zu der gütlichen Einigung, daß Sarah Lord Huntingdon und Annabelle Lord Vere haben sollte.

Vor Aufregung konnten sie kaum schlafen. Sie mußten sich Gedanken darüber machen, was sie anziehen sollten. Und sie mußten Zeichenmappen mit Aquarellen bereithalten und Handarbeiten zur Schau stellen.

Am nächsten Morgen besprachen die Diener die bevorstehenden Besuche, während sie beim Frühstück saßen. Sie klatschten und redeten so freimütig wie früher, denn Emily, die Zofe, war nicht dabei, und obwohl nur Lizzie, das Spülmädchen, sie überhaupt nicht leiden konnte, hatten auch die anderen das Gefühl, daß sich die »Familie« in ihrer Gegenwart eine gewisse Zurückhaltung auferlegen mußte.

»Miss Metcalf könnte es sich als großes Verdienst anrechnen, wenn sie wenigstens einen von ihnen für Miss Sarah oder Miss Annabelle gewinnen könnte«, sagte Rainbird.

»Vielleicht interessieren sie sich ja für Miss Metcalf«, gab Mrs. Middleton zu bedenken. »Sie ist sehr schön und so reizend und höflich.«

»Vielleicht wäre es besser, so etwas nicht zu sagen, wenn Emily da ist«, wagte Lizzie schüchtern einen Einwurf. »Ich habe das Gefühl, daß sie Miss Metcalf nicht mag.«

»Was willst du schon von der großen Welt wissen, du mit deiner Wurzelbürste?« höhnte Joseph. MacGregor, der Koch, sah Lizzie zusammenzucken, und erbost stellte er mit lautem Geschepper eine Tasse Tee vor Joseph auf den Tisch.

»Wie meinst du das, Lizzie?« fragte Rainbird und warf dabei dem Lakaien einen drohenden Blick zu.

»Nur, daß irgend etwas an Emily nicht stimmt«, sagte Lizzie vorsichtig. »Alice hat neulich gesagt, daß Miss Metcalf die netteste, reizendste Lady ist, die man sich als Dienerin nur wünschen kann, und Emily hat nichts geantwortet, aber ich habe gesehen, wie sich ihre Lippen gekräuselt haben.«

»Das kommt davon, weil du nicht hart genug arbeitest«, sagte Mrs. Middleton. »Du hast zuviel Zeit zur Verfügung, und deshalb ergehst du dich in Phantastereien über Leute, die über dir stehen.« Eine Zofe stand in der strengen Rangordnung der Diener tatsächlich weit über einem Küchenmädchen. Mrs. Middleton hielt Lizzie insgeheim für eine sehr gute Arbeitskraft, aber sie hegte die Hoffnung, das Mädchen befördern zu können, wenn sich die Umstände ändern sollten, und neigte dazu, ihre wirklich echte Zuneigung zu Lizzie hinter einer barschen und autoritären Fassade zu verbergen.

»Vielleicht haben Sie recht«, meinte Lizzie. Ihre Stimme klang matt, und Rainbird sah sie durchdringend an. Die Haare des Küchenmädchens hatten ihren Glanz verloren, ihr Gesicht war so bleich, daß es im trüben Licht der Gesindestube fast grünlich aussah.

»Was unsere Lizzie braucht, ist ein bißchen frische Luft«, sagte Rainbird. »Mach einen Spaziergang im Park, Lizzie. Dave wird deine Aufgaben übernehmen.«

»Kann sie nicht den Hund mitnehmen?« fragte Joseph eifrig. »Es ist für mein Ansehen gar nicht günstig, wenn man mich mit so einem schäbigen Köter sieht. Luke zieht mich immer auf.« Luke, Josephs Freund und Rivale, arbeitete nebenan als Lord Charteris' Lakai.

»Es macht mir nichts aus«, sagte Lizzie eilig, weil sie sah, daß Rainbird Protest einlegen wollte. Lizzie hätte alles getan, um dem bequemen und eitlen Joseph eine Freude zu machen.

»Und paß auf, daß das Vieh nicht in die Nähe der Küche kommt«, sagte Joseph undankbar. »Damit meine Katze nicht gepiesackt wird.«

»Warum heiratest du den Flohsack nicht gleich?« brummte der Koch schlechtgelaunt. »Der Schnorrer ist das einzige Wesen, das dir am Herzen liegt, außer deiner eigenen nichtsnutzigen Person. Du Schönling, du.«

Joseph runzelte die Stirn bei der Beleidigung. Er wußte, daß er als schwächlich und verweichlicht galt. Der Schnorrer rieb sich an den Beinen des Kochs, und Angus MacGregor bückte sich geistesabwesend zu ihm hinunter und streichelte das Tier. Er liebte den Küchenkater ebenfalls, weil der Schnorrer ein Mauser war, wie es keinen zweiten gab.

Es war ganz undenkbar, daß sich Lizzie in den oberen Gemächern des Hauses zeigte, deshalb holte Rainbird Beauty und beauftragte Lizzie, ihn oben an der Außentreppe in Empfang zu nehmen.

Irgendwo in der Tiefe von Josephs selbstsüchtiger Seele regte sich, wenn auch schwach, sein schlechtes Gewissen. »Es ist sehr anständig von dir, Lizzie«, sagte er unbeholfen. »Das Vieh ist sanft wie ein Lamm. Du wirst keine Probleme haben.«

»Da, gib dem Hund den Knochen, wenn ihr im Green Park seid«, sagte MacGregor. »Sie wissen, daß sie zu dem gehören, der sie füttert.«

Er wickelte einen Markknochen in die *Times* und übergab ihn Lizzie.

»Und leg deinen Schal um«, befahl Mrs. Middleton streng, denn ihr war ebenfalls gerade aufgefallen, wie kränklich das Küchenmädchen aussah.

Als Lizzie etwa zehn Minuten später aus dem Kellergeschoß auftauchte, wartete Rainbird bereits mit Beauty an der Leine auf sie.

Rainbird sah dem Mädchen und dem Hund, wie sie da die Clarges Street zum Green Park hinuntergingen, gedankenverloren nach. Es wurde ihm bewußt, daß er den ganzen Winter über so sehr von phantastischen Gedanken an Felice in Anspruch genommen war, daß er gar nicht recht gemerkt hatte, was um ihn herum vorging. Felice, der französischen Zofe, die im Jahr zuvor mit ihrer Herrschaft in Nummer 67 gewohnt hatte, war es gelungen, eine Mitgift und ihre Unabhängigkeit zu erwerben, und sie war nach Brighton gezogen. Sie hatte Rainbirds Heiratsantrag abgelehnt, aber sie war immer noch unverheiratet, und Rainbird hoffte darauf, daß sie ihre Ansicht ändern würde. Während der Saison hatte er allerdings keine Möglichkeit, einen Tag freizubekommen, um nach Brighton zu fahren.

Er beschloß, Lizzie zu einem Apotheker in der City zu bringen, wenn sie nach ein paar Tagen immer noch leidend aussah. Diener gingen nur im äußersten Notfall zum Arzt, da ein einziger Arztbesuch, auch wenn der Arzt ganz unbedeutend war, den Lohn eines ganzen Jahres kosten konnte.

Es war ein warmer und sonniger Tag, aber in der weichen Luft war noch ein leichter Hauch von Kälte zu spüren, der die Londoner daran erinnerte, daß der Winter ohne weiteres noch einmal zurückkommen konnte, auch wenn es so aussah, als ob sich der Frühling durchgesetzt hätte.

Lizzie fand, daß sie sich bereits besser fühlte. Sie nahm ihren Schal vom Kopf und wickelte ihn sich um die Schultern; dabei genoß sie die Wärme der Sonne auf ihren Haaren. Beauty war solch ein sanftmütiger, liebenswerter Hund, und es war angenehm, Gesellschaft zu haben.

Sie beschloß, nicht den Piccadilly in Richtung Green Park zu überqueren, sondern Beauty mit in den Hyde Park zu nehmen, wo sie sich daran freuen konnte, die Mitglieder der Aristokratie in der Row reiten zu sehen.

Beauty, der schwerfällig neben ihr einhertrottete, fühlte ebenfalls die warme Sonne auf seinem Fell. Vorsichtig schüttelte er den Kopf. Er spürte überhaupt keinen Schmerz mehr. Er schüttelte ihn heftiger. Er war nicht nur von diesem stechenden, bohrenden Schmerz befreit, sondern er konnte auch wieder ausgezeichnet hören. Sein Magen gab ein gesundes Knurren von sich. Er war hungrig, und dieses menschliche Wesen neben ihm roch köstlich nach Markknochen. Langsam rollte sich sein lächerlicher Büschel von einem Schwanz den Rücken hinauf. Sein Kopf richtete sich auf, und seine bösen kleinen Bärenaugen schweiften, nichts Gutes im Schilde führend, umher.

Nichts ahnend von der Verwandlung, die sich irgendwo unten in Kniehöhe abspielte, setzte Lizzie ihren Weg in Richtung Hyde Park fort und genoß stolz das angenehme Gefühl von Luxus, das ihr ein Paar neue Lederschuhe verschaffte. Als Rainbird die frohe Botschaft von der Lohnerhöhung der Diener gehört hatte, war er doch nicht so sehr in Gedanken an Felice verloren, daß er vergaß, die Dienerschaft zu belohnen. Alice und Jenny bekamen Seidenbänder, Mrs. Middleton eine neue Haube. Dave wurde eine neue Lederweste zugestanden, Joseph ein seidenes Taschentuch und Angus MacGregor ein neues Tranchiermesser aus Sheffield-Stahl. Und Lizzie, die immer nur Holzpantinen getragen hatte, wurde mit einem Paar glänzender schwarzer Lederschuhe mit billigen Blechschnallen bedacht.

Lizzie war sehr religiös, und der Herr, ihr Gott, war ein furchtbarer Gott, der da oben in den Wolken nur darauf wartete, den eitlen Sünder zu verderben. Wenn Lizzie sich später an die schrecklichen Ereignisse dieses Morgens erinnerte, war sie sicher, daß *Er* sie für ihren Stolz bestraft hatte.

Sie überquerte die Park Lane und betrat den Hyde Park. Die Bäume waren mit einem zarten Hauch von Grün bedeckt, und der Geruch der Kirschblüten machte sie angenehm schwindlig. Sie bückte sich hinunter und ließ Beauty von der Leine los, wickelte den Markknochen aus und gab ihn dem Hund, breitete ihren Schal auf dem Gras neben der Row aus und setzte sich. MacGregor hatte Lizzie aus Versehen den falschen Knochen gegeben. Der, den sie mit auf den Weg bekommen hatte, war dazu bestimmt, Brühe zu kochen, und es hing noch viel Fleisch daran. Beauty kaute und zog an dem Knochen; dabei fühlte er, wie das Fleisch seinen mageren Bauch erwärmte, und er spürte die Sonne auf seinem Fell; gelegentlich schüttelte er den Kopf, um sich zu überzeugen, daß der furchtbare Schmerz wirklich nicht mehr da war.

Er leckte das letzte Restchen Mark vom Knochen, rollte sich dann herum und legte seinen Kopf in Lizzies Schoß. Dabei blickte er mit Augen zu ihr auf, die ganz feucht vor Liebe waren. Denn diese Göttin war doch sicherlich für sein Wohlbefinden verantwortlich. Lizzie streichelte ohne rechte Anteilnahme seinen schmalen Kopf und dachte, was für ein gewöhnliches, häßliches Tier er doch war, und sie wunderte sich, daß eine so schöne und liebliche Lady wie Miss Metcalf ein solches Haustier besaß. Miss Metcalf, überlegte Lizzie, die sie erst einmal gesehen hatte, war so hübsch und reizend, daß sie einen an all die guten, sicheren Dinge im Leben erinnerte – wie Frühlingsblumen und frisches Brot, Honig aus der Wabe und starken Tee –, Dinge, die das kleine Küchenmädchen neben Joseph am meisten schätzte.

Die Row war leer, da sich wenige Mitglieder der feinen Gesellschaft vor zwölf Uhr aus den Betten erhoben.

Aber plötzlich hörte Lizzie das Getrappel von Pferdehufen und blickte auf. Zwei Leute, ein Mann und eine Frau, kamen die Row heruntergaloppiert. Lizzie erhielt einen flüchtigen Eindruck von einem großen, gutaussehenden Mann und einer hübschen Frau im scharlachroten Reitkostüm, bevor das Unglück hereinbrach. Beautys Halskrause stellte sich auf, und er schoß davon wie der Blitz. Mit den Zähnen fletschend schnappte er nach den Hinterfüßen des Pferdes der Lady, das sich in wildem Schrecken aufbäumte und sie abwarf. Der Gentleman brachte sein eigenes Pferd zum Stehen und sprang herab. Lizzie schoß herbei und packte den zähnefletschenden, knurrenden Beauty, nahm ihn an die Leine, band ihn an einen Baum und rannte unglücklich zurück zu der Stelle, an der der Gentleman neben der Lady niederkniete.

Zwei wütende haselnußbraune Augen schauten sie böse an, und eine Stimme wie Eis sagte: »Kannst du auf deinen Hund nicht besser aufpassen?« Der Gentleman wandte sich an die Lady und fragte: »Bist du verletzt, Belinda?«

Die Lady mit Namen Belinda zischte gereizt: »Nein, aber das ist nicht diesem ordinären Stück hier zu verdanken. Ruf die Wache, Huntingdon, und laß sie ins Gefängnis werfen.«

Lizzies große Augen wurden vor Angst noch größer, und sie versuchte eine Entschuldigung hervorzubringen, fiel aber zum Ärger des Marquis in Ohnmacht.

»Du bist doch zu unbesonnen, Belinda«, sagte er. »Laß mich dir aufhelfen. Die Angelegenheit ist nicht so bedeutend, daß du kleine Dienstmädchen mit Gefängnis bedrohen mußt.«

Belinda Romney sprang auf und klopfte sich den Schmutz von ihrem Reitkostüm. »Das ist der Gipfel«, tobte sie. »Erst behandelst du mich auf dem Ball der Phillips wie Luft und machst dich mit dieser Metcalf lächerlich, und jetzt, wo ich mir fast das Genick gebrochen hätte, nennst du mich unbesonnen. Der Hund soll die Peitschenhiebe bekommen, die er verdient.«

Sie ging mit erhobener Reitpeitsche auf Beauty zu. Aber der Marquis erkannte Harriets Hund. Er war Belindas Ansicht, daß der Hund Prügel verdiente, aber aus irgendeinem Grund konnte er es nicht ertragen, daß seine Mätresse Harriet Metcalfs Liebling schlug. Er nahm ihren Arm und drehte sie zu sich herum. »Nein, Belinda«, sagte er. »Keine Szenen. Die, die ich letzte Nacht zu ertragen hatte, war genug.«

Lizzie bewegte sich zu seinen Füßen und stöhnte leise. Er kniete neben ihr nieder und hob ihren Kopf aus dem Gras.

Er bemerkte, wie Belinda stürmisch davonstiebte, und war sich bewußt, daß es ihr gutes Recht war, wütend auf ihn zu sein.

Lizzie kam wieder zu Bewußtsein. »Es tut mir so leid«, flüsterte sie. »Der Hund... er war so ruhig. Ich hatte keine Ahnung, daß er so böse sein kann.«

»Du kannst von Glück reden«, sagte der Marquis grimmig, »daß ich den Hund kenne und weiß, daß er krank war. Komm, ich bring' dich auf den Weg.«

Er half Lizzie auf die Beine, aber sie schwankte wieder und wäre gefallen, wenn er sie nicht festgehalten hätte.

Er stieß einen ärgerlichen Laut aus und rief nach seinem Stallburschen, der sich gewöhnlich in diskreter Entfernung hielt, wenn er mit Belinda ausritt. »Hol meine Kutsche«, rief er. »Das Dienstmädchen ist krank.«

»Es ist ja gut, Kind«, sagte er und schüttelte Lizzie ein wenig, »keiner wirft dich ins Gefängnis. Du wirst jetzt wohlbehalten zurück in die Clarges Street 67 gebracht – da arbeitest du doch, oder?«

»Ja, Sir«, flüsterte Lizzie. »Als Küchenmädchen.«

Der Marquis of Huntingdon erwartete nicht, daß Harriet schon wach war – denn es war erst zehn Uhr morgens, als er mit Lizzie und Beauty in der Clarges Street eintraf –, waren doch Londons Reiter, zu denen auch Mrs. Romney gehörte, die einzigen, die so früh aufstanden. Aber als er Lizzie in die Halle trug, kam Harriet die Treppe heruntergerannt; die Haare hingen ihr lose auf die Schultern. Er ertappte sich dabei, wie er sie anstarrte, und sagte barsch: »Ihr Hund, Madam, hätte beinahe einen schlimmen Unfall verursacht.«

»Das Mädchen!« brachte Harriet mühsam hervor. »Sie gehört zu meiner Dienerschaft.« Rainbird hatte ihr bei ihrer Ankunft sämtliche Diener vorgestellt, und sie erinnerte sich an das kleine Küchenmädchen, das so schüchtern am Ende der Empfangsreihe gestanden hatte.

»Das Mädchen ist nicht verletzt, aber es ist ohnmächtig geworden.«

Rainbird kam herbeigeeilt. »Erlauben Sie mir, Mylord«, sagte er und nahm dem Marquis Lizzies leichten Körper aus den Armen. »Ich bringe sie nach unten.«

»Jawohl«, sagte Harriet. »Und bringen Sie uns einen kleinen Imbiß in das Empfangszimmer.« Sie hatte gelernt, den vorderen Salon mit diesem besser klingenden Namen auszuzeichnen. »Sagen Sie Mrs. Middleton, daß ich so bald wie möglich hinunterkomme, um das Mädchen zu besuchen. Wie heißt sie?«

»Lizzie.«

»Wenn Sie meinen, daß Lizzie einen Arzt braucht, dann holen Sie auf alle Fälle einen. Mylord, stehen Sie nicht in der kalten Halle herum.« Sie ging ihm in den Salon voraus.

Harriet trug ein Nachthemd mit einer der schicken Schürzen darüber, die als Hauskleid in Mode gekommen waren. Das Nachthemd war nicht ausgeschnitten und hatte lange Ärmel. Harriet hatte herausgefunden, daß man im Bett mehr zu tragen pflegte als außerhalb des Bettes. Sie hob die Arme und drehte ihre Haare geschickt zu einem Knoten auf dem Oberkopf zusammen.

»Bitte setzen Sie sich«, sagte sie zum Marquis, »und erzählen Sie mir, was passiert ist.«

»Ich bin mit einer gewissen Mrs. Romney die Row entlanggeritten…« Er unterbrach sich und zog die schmalen Augenbrauen in die Höhe, weil er bemerkte, daß sich Harriets Wangen mit einer sanften Röte überzogen und ihr sonst so weicher Mund eine harte Linie bildete. »Ihr Hund ist auf das Pferd losgegangen, und sie wurde abgeworfen.«

»Ist sie schwer verletzt?« fragte Harriet.

»Mrs. Romney hat Glück gehabt, Miss Metcalf. Nur in ihrem Stolz.«

»Und Lizzie?«

»Meine Begleiterin war natürlich sehr aufgebracht. Sie drohte, Ihr Hausmädchen ins Gefängnis werfen zu lassen.«

»Die arme Lizzie. Sie ist doch fast noch ein Kind.«

»Ein krankes Kind, fürchte ich. Haben Sie die unnatürliche Blässe ihrer Haut bemerkt?«

»Nein«, sagte Harriet und fühlte sich ganz abscheulich. »Ich gehe nie in die Wirtschaftsräume hinunter. Ich habe das Mädchen nur einmal bei meiner Ankunft gesehen. Oh, wie gedankenlos und lieblos ich Ihnen erscheinen muß. Zuerst Beauty und jetzt Lizzie. Und Miss Romney? Vielleicht sollte ich sie aufsuchen und mich bei ihr entschuldigen.«

»Das glaube ich nicht, Madam.«

»Nein, nein, natürlich nicht«, stammelte Harriet unglücklich. »Miss Romney ist Ihre Mätresse, nicht wahr?«

»Nehmen Sie Ihre Zunge in acht, Miss Metcalf, oder können Sie sie sowenig im Zaum halten wie diesen vertrackten Hund?«

Beauty stand auf und leckte dem Marquis die Hand, als ob er kein Wässerchen trüben könnte. Dann verzog er seine schwarzen Lefzen zu einem äußerst verräterischen Lächeln.

Der Marquis rieb sich den Handrücken mit einem Taschentuch ab. »Das Tier sieht fast menschlich aus. Lächelt er immer so?«

»Ich habe es noch nie bemerkt. Ich glaube nicht, daß Tiere lächeln können. Ich denke, es sieht nur so aus.«

»Wo haben Sie das ungewöhnliche Schoßhündchen denn aufgetrieben?«

»Es war, nachdem meine Eltern gestorben waren. Sie hatten beide Typhus. Papa wollte die Versitzgrube nicht leeren lassen. Er sagte, feine Leute ständen über solchen Dingen. Papa sagte immer derartige Sachen. Darüber mußte Sir Benjamin sehr lachen, und ich erinnere mich, daß ich mir damals gewünscht habe, Sir Benjamin würde

Papa zwingen, etwas Praktisches zu tun, statt immer nur über ihn zu lachen. Auf jeden Fall starben Mama und Papa, und ich erfuhr, daß ich alles verkaufen und in ein kleines Cottage ziehen mußte und mir keine Dienstboten mehr leisten konnte. Ich bin sehr wohl imstande, allein zurechtzukommen, aber... aber ich habe mich trotzdem so einsam gefühlt, und ich habe Beauty mit einem Wurf anderer junger Hunde in einem Sack am Flußufer gefunden. Jemand hatte den Sack mit den jungen Hunden von der Brücke geworfen, aber er war nicht ins Wasser gefallen. Nur Beauty lebte noch...« Die Stimme versagte ihr, und sie schaute auf ihre Hände hinunter.

»Sie haben gesagt, Sie waren sehr einsam«, forderte der Marquis sie zum Weiterreden auf, »aber bestimmt haben Sie doch von den Misses Hayner Besuch bekommen.«

»Ich konnte ja wohl nicht erwarten, daß sie mich in meinem kleinen Cottage besuchten«, sagte Harriet. »Aber ich habe sie gesehen, wenn Sir Benjamin zu Hause war, denn er hat mich immer zum Dinner nach ›Chorley Hall‹ eingeladen.«

»Aber es gibt doch bestimmt in dem Dorf noch mehr Leute.«

»Natürlich, aber nur wenige vornehme Leute, praktisch keine, und leider waren meine Eltern sehr eingebildet und wollten nur mit Sir Benjamin verkehren, da sie alle anderen für nicht ebenbürtig hielten. Aber da ist noch eine Miss Spencer, die eine sehr liebe Freundin von mir ist. Ich habe ihre Bekanntschaft gemacht, nachdem ich Beauty ins Haus genommen hatte, deshalb bin ich jetzt überhaupt nicht mehr einsam. Und hier in London habe ich Sarah und Annabelle. – Da ist Rainbird. Darf ich Ihnen ein Glas Wein anbieten, Lord Huntingdon?«

»Ja, bitte.« Der Marquis beobachtete Harriet, während ihm Rainbird ein Glas Wein eingoß. Er wartete, bis der Butler wieder hinausgegangen war, und sagte dann: »Darf ich Ihnen einen Rat geben, Miss Metcalf? Wenn Sie nicht lernen, Ihr loses Mundwerk zu bezähmen, fürchte ich, daß Ihr Hund Ihre einzige Gesellschaft bleibt.«

»Aber ich habe noch nie zu irgend jemandem so etwas gesagt«, sagte Harriet aufrichtig. »Nur zu Ihnen.«

»Was verschafft mir die Ehre einer solch hemmungslosen Ehrlichkeit?«

Harriet neigte den Kopf ein wenig zur Seite und musterte ihn.

»Ich glaube, es liegt daran, daß Sie mich reizen, Mylord, und außerdem daran, daß Sie den Ruf eines Wüstlings haben.« Harriet saß völlig entgeistert. Was um Himmels willen war über sie gekommen! Ihre Augen füllten sich mit Tränen.

Er stellte sein Glas bedächtig auf den Tisch und erhob sich. »Miss Metcalf«, sagte er und musterte ihren gesenkten Kopf von oben, »ich habe versprochen, heute nachmittag mit Ihnen auszufahren, und mein Versprechen will ich halten. Aber danach hoffe und vertraue ich darauf, daß Sie meine Gesellschaft meiden. Ich jedenfalls werde mein Bestes tun, um Ihnen aus dem Weg zu gehen.«

Harriet spürte Angst aufsteigen. Die Mädchen waren so glücklich gewesen, so überaus erfreut über die Aussicht, den Marquis of Huntingdon kennenzulernen. Als sie schüchtern auf seinen Ruf hingewiesen hatte, hatten beide sie ausgelacht. Die einzigen Herren, die es wert seien, daß man sie beachte, seien doch die Lebemänner und Herzensbrecher, hatte Sarah auf ihre weltkluge Art gesagt, die Harriet immer das Gefühl gab, sie selbst sei ein richtiger Bauerntrampel.

Sie stand auf und versank in einen tiefen Knicks. Ihre blauen Augen, in denen Tränen standen, blickten zu ihm auf. »Bitte nehmen sie meine tiefsten, demütigsten Entschuldigungen entgegen«, sagte Harriet.

Er ging einen Schritt auf sie zu. Er wollte sie in die Arme nehmen, sie an sich drücken, diesen weichen Körper an seinem fühlen. Doch dann trat er zurück, weil er sich wie ein weibstoller Satyr vorkam. Ohne ein Wort machte er auf dem Absatz kehrt und ging hinaus.

Harriet sank wieder auf ihren Stuhl und brach in heftige Tränen aus. Sie war wirklich ein Unglückswurm. Sie hatte inzwischen doch genug von der großen Welt kennengelernt, um zu wissen, daß dieser hinreißende Marquis den Ton in der Gesellschaft angab. Wenn sie Beau Brummell bei einem Ballfest im Almack eine Ohrfeige gegeben hätte, dann hätte sie ihrem gesellschaftlichen Ruf wahrscheinlich auch nicht mehr geschadet.

Nach ein paar Minuten trocknete Harriet die Tränen. Der Schaden war nun einmal angerichtet. Sie konnte nichts anderes tun als versprechen, ihre Zunge im Zaum zu halten und sich so nett wie möglich zu benehmen, wenn er an diesem Nachmittag wiederkam. Sarah und Annabelle durften nie erfahren, wie sehr sie sich danebenbenommen hatte. Sie wären ja so enttäuscht von ihr!

Da fiel Harriet Lizzie ein, das Küchenmädchen, und sie begab sich nach unten. Beauty war todmüde von den aufregenden Erlebnissen eingeschlafen und machte keinen Versuch, ihr zu folgen. In der Gesindeküche waren nur Mrs. Middleton und Angus MacGregor.

»Wo ist Lizzie?« fragte Harriet.

»Sie liegt in ihrem Bett«, antwortete Mrs. Middleton und knickste. »Sie wird bald wieder ihre Pflicht tun.«

»Ich bin der Ansicht, daß sie heute nicht aufstehen sollte«, sagte Harriet mit besorgter Miene. »Sie können noch eine Hilfe einstellen, wenn Sie wollen. Wo ist Lizzies Zimmer?«

»Sie hat kein Zimmer, Madam, da wir sowenig Platz haben, aber sie hat eine Pritsche in der Spülküche.«

»Bitte zeigen Sie mir, wo sie ist«, sagte Harriet.

Mrs. Middleton ging voran. Lizzie versuchte sich aufzurichten, als sie Harriet sah. Harriet schaute traurig auf die dünne Strohmatratze herunter, auf der Lizzie lag.

»Ich muß dich bitten, kurz aufzustehen, Lizzie«, sagte sie gütig. »Mrs. Middleton, vielleicht können Sie mir helfen, sie hochzuheben.«

»Bring einen Stuhl, Angus«, rief Mrs. Middleton. Als Lizzie auf den Stuhl gehoben war, bückte sich Harriet hinunter und hob die dünne Matratze hoch. Überall stachen Strohhalme hervor, und die Unterseite war feucht.

»Sind Sie sicher, daß es keine Möglichkeit gibt, sie woanders schlafen zu lassen?« fragte Harriet bekümmert.

»Wir haben keinen Platz«, sagte Mrs. Middleton. »Sie ist nur ein Spülmädchen, deshalb kann sie nicht mit in mein Zimmer ziehen.«

»Ich glaube«, meinte Harriet, »ein Faltbett mit neuen Decken wäre hier angebracht. Bitte, holen Sie Mr. Rainbird.«

Rainbird kam in diesem Moment mit einem Arzt herein. Die Diener und Harriet zogen sich in die Stube zurück, während der Arzt Lizzie untersuchte.

Schließlich kam er heraus und sagte: »Das Mädchen hat lediglich eine schlimme Erkältung vom Schlafen auf dem feuchten Stroh. Geben Sie ihr eine trockene Unterlage, und ich verschreibe ihr ein aufbauendes Stärkungsmittel.« Dann sagte er fröhlich zu Harriet, er werde ihr die Rechnung schicken, und eilte weiter.

Der Butler versprach, daß er mit Miss Metcalfs Erlaubnis noch am selben Tag ein Feldbett kaufen werde.

Später, als Lizzie in ihr neues Bett gesteckt war, sprachen sie alle mit leisen Stimmen über Lizzies Zustand. Sie hatten gar nicht gemerkt, wie schlecht Lizzie dran war, wenn sie auf dieser furchtbaren Matratze schlief, aber Diener hatten ihr eigenes strenges Kastensystem und waren genaugenommen abgestumpfter gegen die Leiden derer, die in der Rangfolge noch unter ihnen standen, als ihre Herren und Herrinnen.

Schon nach kurzer Zeit waren sie viel zu beschäftigt, um sich um Lizzie Gedanken zu machen, und rannten hin und her, da alles für die beiden überaus wichtigen Besucher vorbereitet werden mußte. Harriet schickte ein Stoßgebet zum Himmel, daß der Marquis ihr unhöfliches und freches Benehmen nicht in ganz London verbreiten möge. Es war schon schlimm genug für sie selbst, von ihm geschnitten zu werden, aber wie verheerend wäre es für die armen unschuldigen Mädchen, Sarah und Annabelle, von ihm und allen anderen ebenfalls geschnitten zu werden.

Als Lord Vere kam, war Harriet in einer ganz unglücklichen Verfassung; sie bildete sich ein, eine gesellschaftliche Katastrophe heraufbeschworen zu haben. Sie war bedrückt und so bleich, daß Lord Vere in seiner Bemühung, ihre Laune zu heben, viel Aufhebens um Sarah und Annabelle machte, mit ihnen schäkerte und sie mit Komplimenten überhäufte.

Er ging sogar so weit, Beauty zu tätscheln, aber selbst mit dieser mutigen Geste gelang es ihm nicht, ein Lächeln auf Harriets liebliches Gesicht zu zaubern. Schließlich war es Zeit, sich zu verabschieden. Er versprach Harriet, eine Loge in der Oper für sie zu mieten. Er sehnte sich danach, mit ihr unter vier Augen zu sprechen, um herauszufinden, was sie so sehr bekümmert hatte, und entschloß sich, am nächsten Morgen ganz früh zu kommen, wenn er sicher sein konnte, daß ihre lästigen Schützlinge noch im Bett waren.

Es war zu früh für einen Bummel in der Bond Street, zu früh für eine Spazierfahrt im Park. Lord Vere machte sich zum Stadthaus des Marquis of Huntingdon auf, welches ein ganz unauffälliges Gebäude in der Charles Street war, da der Marquis zu der Sorte von Aristokraten gehörte, die es als Verschwendung betrachteten, Geld für einen großen Besitz in der Stadt auszugeben.

Er traf den Marquis in der Bibliothek an, wo er gerade einen Stoß Rechnungen und Einladungen durchsah.

»Warum so trübsinnig?« fragte der Marquis, als er in das bekümmerte Gesicht seines Freundes schaute.

»Ich habe Miss Metcalf gerade einen Besuch abgestattet.«

»Ah, das erklärt alles«, sagte der Marquis, lehnte sich in seinem Stuhl zurück und verschränkte die Hände hinter dem Kopf. »Unsere Unschuld vom Lande ist ganz schön zänkisch.«

»Wie kannst du so etwas sagen?« wollte Lord Vere wissen. »Sie war die Nettigkeit selbst, aber so unglücklich, so niedergeschlagen, daß ich mich danach sehnte, sie allein zu sprechen, um sie zu fragen, was sie bekümmert.«

»Das will ich dir sagen«, erklärte der Marquis mit boshaftem Grinsen. Er erzählte kurz, was sich am Vormittag zugetragen hatte, und endete mit einer Beschreibung von Harriets unhöflichen Bemerkungen.

»Du mußt sie ganz fürchterlich getroffen haben«, meinte Lord Vere. »Sie war so unglücklich.«

»Natürlich«, sagte der Marquis zynisch. »Sie muß doch befürchten, daß ich mich in der Gesellschaft über ihr unmögliches Benehmen auslasse, und das würde ganz sicherlich bedeuten, daß die beiden reizlosen Debütantinnen, die sie da hat, nicht mehr gesellschaftsfähig wären.«

»Aber das wirst du nicht tun!« rief Lord Vere. »Miss Metcalf ist an unsere Art zu leben nicht gewöhnt. Auf dem Land ist es nicht üblich, seine Mätresse in aller Öffentlichkeit zur Schau zu stellen.«

»Wann warst du zuletzt auf dem Land, mein lieber Junge?« fragte der Marquis. »Die Wälder und Haine Englands wimmeln nur so von Halbweltdamen. Man kann nicht einmal ein friedliches Dinner mit einer Jagdgesellschaft genießen, ohne daß irgendein Flittchen ans Fenster des Speiseraums klopft und einem lauthals ihre Gunst anbietet.«

»Aber sie ist so unschuldig, so verletzlich...«

»Dann muß sie lernen, andere nicht zu verletzen. Es ist nur menschlich, Vergeltung zu üben.«

»Aber du wirst es nicht tun!«

»Nein, keineswegs. Wenn dieser Nachmittag vorbei ist, wird Miss Metcalf Luft für mich sein.«

6

Harriet war mit den Nerven völlig am Ende, als der Zeitpunkt, an dem der Marquis of Huntingdon eintreffen wollte, näher rückte. Sie war jetzt sicher, daß er nicht kommen würde.

Sarah und Annabelle saßen in dünnen Musselinkleidern mit Schleifen und modischen Kapotthüten da.

»Sag mir eins, Sarah«, unternahm Harriet einen schüchternen Vorstoß, »wärst du furchtbar enttäuscht, wenn Lord Huntingdon nicht kommen würde?«

»Du Dummchen. Natürlich kommt er, was soll das?«

Harriet warf einen nervösen Blick auf die Uhr. Es war eine Minute vor drei Viertel fünf. Sie holte tief Atem. »Heute ist eine ganz unglückselige Geschichte passiert –«

»Da ist er!« rief Sarah und eilte zum Fenster.

Harriet stand auf und streifte sich dabei die Handschuhe über. »Wir müssen gleich hinausgehen«, sagte sie. »Die Herren mögen es nicht, wenn ihre Pferde lange stehen müssen.«

Der Marquis hatte seinen Kutscher auf dem Kutschbock sitzen, da er beschlossen hatte, die Ausfahrt nach allen Regeln der Kunst zu gestalten. Harriet saß, wie es ihrer Rolle als Anstandsdame entsprach, mit dem Rücken zu den Pferden, während Sarah, Annabelle und der Marquis ihr gegenüber saßen.

Er hatte das Gefühl, er sollte den Platz wechseln und sich neben Miss Metcalf setzen, aber er war überzeugt, daß das sehr viel Gerede und Proteste von seiten der Damen auslösen würde. Sarah und Annabelle merkten zu spät, daß es sich als Nachteil erwies, daß sie die besten Sitze eingenommen hatten. Zwar rahmten sie den Marquis ein, aber die modischen Krempen ihrer Kapotthüte wirkten wie Scheuklappen, so daß sie sich jedesmal mit dem ganzen Körper herumdrehen mußten, wenn sie nur einen Blick auf Lord Huntingdons Gesicht werfen wollten.

Harriet, die einen reizenden kleinen Strohhut trug mit einem Hauch von Schleier, der gegen ihr Gesicht flatterte, hatte dagegen freie und ungetrübte Sicht auf den Marquis.

»Das Wetter ist sehr schön, nicht wahr?« sagte sie.

»Ja, wirklich«, sagte er gleichmütig. »Ich vertraue darauf, daß es keine weiteren Stürme oder Unwetter geben wird.«

»Ich kann Ihnen versichern, Mylord«, sagte Harriet, schaute ihm dabei aber nicht in die Augen, »daß Sie nicht befürchten müssen, daß sich das Wetter wieder verschlechtert.«

»Gut«, sagte er mit einem plötzlichen hinreißenden Lächeln. Sarah zappelte ärgerlich herum. Wie langweilig Harriet doch war! Ließ sich endlos über das Wetter aus.

»Haben Sie Mrs. Siddons in ›Das Mädchen vom Lande‹ gesehen?« fragte sie den Marquis.

Er begann, ihnen seine Meinung über das Stück und Mrs. Siddons schauspielerische Leistung darzulegen. Sarah und Annabelle hingen an seinen Lippen und saugten jedes seiner Worte in sich hinein. Harriet seufzte vor Erleichterung und wandte ihre Aufmerksamkeit der Umgebung zu, da sie die Aussicht nun unbeschwert genießen konnte. Sie hatte wirklich sehr viel Glück, daß ihre Schützlinge so wohl erzogen waren. Der Marquis brauchte nicht zu befürchten, daß eine von ihnen irgendwelche unhöflichen Bemerkungen machte. Und so blickte Harriet zufrieden in die Baumkronen mit den ersten zarten Blättern hinauf, als die Kutsche unter den Bäumen im Hyde Park dahinrollte, und träumte davon, für Sarah und Annabelle eine Doppelhochzeit auszurichten. Sie wußte auf einmal, daß der Marquis nicht beabsichtigte, Rache an ihr zu nehmen und sie zu ruinieren. Das blasse Sonnenlicht schien auf die glänzenden Kutschen und die glitzernden Juwelen ihrer Insassen. Es gab so vieles zu sehen, und es war angenehm, in einer gut gepolsterten Kutsche zu sitzen, die Wärme der Frühlingsluft zu spüren und nach dem langen, trüben Winter den Duft der Blüten einzuatmen.

Harriets Gedanken wandten sich wieder dem Marquis zu. Es war schade, daß er als Ehegatte so unpassend war, aber wenn er sich einem der Mädchen erklärte, dann würde sie ihre Erlaubnis geben müssen. Sarah konnte sich einen Frauenhelden als Ehemann sehr wohl vorstellen und würde sich nach der Hochzeit wahrscheinlich wie die meisten Frauen ihrer Kreise verhalten, nämlich sich den Unbesonnenheiten ihres Ehemannes gegenüber blindstellen.

Aber für mich wäre das nichts, dachte Harriet mit einem Lächeln. Sie schaute dem Marquis ins Gesicht und fuhr zusammen, als sie dem ärgerlichen Blick seiner Augen begegnete.

Der Marquis war wütend auf Harriet. Er fand, daß sie sich ihren Schützlingen gegenüber zwar sehr nett benahm, aber was für ein Recht hatte Miss Metcalf, ihn nicht nur vollständig zu ignorieren, sondern mit diesem albernen Lächeln auf ihrem dummen Gesicht dazusitzen, genau als ob sie von jemand anderem träumte?

Harriet senkte die Augen vor seinem Blick und saß da, schüchtern und nachgiebig, ein getreues Abbild fügsamer und begehrenswerter Weiblichkeit. Gegen seinen Willen erregte sie seine Sinne, er schaute sie an und fragte sich, wie sie nackt aussah. Seine Gedanken schockierten ihn. Das Problem war, sagte er sich, daß Harriet Metcalf mit ihrer lieben, unschuldigen Art, ihrer weichen, leicht zu beeinflussenden Nachgiebigkeit und der bekümmerten Verletzlichkeit in diesen großen blauen Augen sämtliche primitiven Lustgefühle in seiner Männerbrust weckte.

Nun, Gilbert hatte sich bestimmt auch Hals über Kopf in sie verliebt, aber doch auf eine ganz romantische Weise. Und er gönnte Gilbert sein Glück. Er, Huntingdon, würde ihm nicht im Wege stehen. Annabelle hatte sich gerade an einem Wortspiel versucht, und Sarah reagierte mit krampfhaften Kicheranfällen. Der Marquis lächelte und sagte, solche Schönheit, die noch dazu mit Witz gepaart sei, werfe ihn geradezu um. Sarah schlug ihm scherzhaft mit dem Fächer auf das Handgelenk, und sie und Annabelle setzten ihre Lachsalven fort.

Jämmerliche, langweilige kleine Wesen, dachte der Marquis. Aber waren sie wirklich so schrecklich? Sie benahmen sich ganz so, wie er es von den jungen Damen der guten Gesellschaft kannte. Lebendigkeit und Geist und ein gewisses Maß an Ungezwungenheit waren nur bei der Halbwelt zu finden. Von der eigenen Frau erwartete man nicht, daß sie hinging und so offen und grausam ehrlich wie Harriet Metcalf sprach.

Er sah es jetzt ganz deutlich vor Augen: »Guten Morgen, meine Liebe. Hast du gut geschlafen?« – »Nein, Huntingdon, du hast so gewaltig geschnarcht, daß mir der Kopf brummt.« – »Ich muß jetzt in den Club, mein Herzchen. Ich habe Brummell eine Revanchepartie Pikett versprochen.« – »Du gehst keineswegs in deinen Club, Mylord, du besuchst deine halbseidene Mätresse, die du dir schon seit geraumer Zeit hältst.«

»Habe ich etwas gesagt, das ich nicht hätte sagen sollen?« fragte Sarah und lugte unter dem breiten Schirm ihres Kapotthutes hervor wie ein Frettchen aus seiner Höhle. »Sie sehen so ärgerlich aus.«

»Ich glaube, meine Milz ist nicht ganz in Ordnung.«

Sowohl Sarah als auch Annabelle brachten murmelnd ihr Mitgefühl zum Ausdruck. Alles, was nicht ganz in Ordnung war, wurde auf Störungen der Milz geschoben.

Sogar Harriet zeigte ein gewisses Interesse. »Meine Freundin, Miss Spencer, leidet schwer daran«, sagte sie. »Sie ist nach Bath gegangen, um eine Kur zu machen, und sie sagte, das Wasser sei sehr wirksam.«

»Vielen Dank«, entgegnete der Marquis trocken. »Wenn mein Problem schlimmer wird, werde ich mich nach Bath begeben.«

Harriet senkte die Augen wieder vor seinem Raubtierblick; sie konnte schließlich nicht wissen, daß sie in der Vorstellung des Marquis eben ihren ersten Ehestreit gehabt hatten.

Neben ihrer Kutsche blieben andere Kutschen zu einer kurzen Begrüßung stehen. Zuerst Lord und Lady Phillips, dann die Baroness Villiers, dann Mrs. Cramp mit ihren Töchtern, und dann niemand anderer als die Countess Lieven, eine der gefürchtetsten Schirmherrinnen von Almacks Modeball. Harriet wappnete sich mit den besten und bescheidensten Manieren, als der Marquis die Damen miteinander bekannt machte, und war entzückt, als sie merkte, daß Annabelle und Sarah der einflußreichen Dame sehr gut zu gefallen schienen, vielleicht weil die Countess Lieven Speichellecker offensichtlich mochte, auch wenn Harriet sich das nicht so direkt eingestehen wollte.

In dem Bewußtsein, daß die Eintrittskarten zu Almacks Gesellschaftsräumen jetzt so gut wie gesichert waren, erfaßte Harriet ein geradezu schwindelerregendes Gefühl des Erfolgs, und sie schenkte dem Marquis ein solch bezauberndes Lächeln, daß er zurücklächelte und beinahe vergaß, daß er geschworen hatte, sie völlig links liegenzulassen.

Als sie in die Clarges Street zurückkehrten, hatte er jedoch das Gefühl, daß er etwas von seiner alten vernünftigen Einstellung zurückgewonnen hatte. Es wäre grausam, zu versuchen, Gilbert bei der hübschen Anstandsdame auszustechen, wo doch seine eigenen Gefühle gar nicht ernsthaft beteiligt waren. Sobald er weit genug weg von Harriet war, würde er sich wieder von ihrem Zauber befreit fühlen. Das Beste, was er für Lord Vere tun konnte, war, ihm das Feld zu überlassen.

Aber der Marquis of Huntingdon sollte schneller, als er dachte, in Miss Metcalfs Angelegenheiten verwickelt werden.

Während sie alle im Hyde Park waren, hatte Joseph Beauty in den Green Park ausgeführt. Er hatte den Hund eigentlich nicht mitnehmen wollen. Lizzie war wieder auf den Beinen und sah auch schon ein bißchen besser aus, aber Joseph fürchtete, daß ihn die anderen wegen seiner Selbstsüchtigkeit beschimpfen würden, wenn er vorschlug, daß das Küchenmädchen mit dem Hund gehen sollte.

Beauty war nicht mehr das ruhige und brave Tier, das er bis jetzt gewesen war. Hochmütig stolzierte er einher und schoß aus seinen bösen kleinen Augen Blitze nach rechts und links. Joseph ließ ihn im Green Park von der Leine und unterhielt sich dann mit seinem Freund Luke, dem Lakaien von nebenan, der ebenfalls ein bißchen frische Luft schnappte.

»Du hast wohl nichts zu tun?« fragte Joseph.

»Man hat mich hinüber nach Kensington mit einer Nachricht für Mr. Johnstone geschickt«, sagte Luke und stieß mit der Fußspitze im Gras herum. »Da habe ich mir gedacht, ich gehe ein bißchen spazieren. Der alte Blenkinsop wartet mit Bergen von Silber, das ich putzen soll, auf mich.« Blenkinsop war der Butler von nebenan. »Und was treibst du hier?«

»Ich führe den Hund aus«, sagte Joseph. »Wo steckt er übrigens? Oh, mein Gott!«

Beauty war nämlich auf der anderen Seite des Staubeckens wie der Teufel hinter einem Irischen Wolfshund her. Der wütende Besitzer des Wolfshundes packte und rettete seinen Hund und hielt sich Beauty mit der Reitpeitsche vom Leib, bis Joseph und Luke herbeigerannt kamen. Joseph nahm Beauty wieder an die Leine und versuchte den Zorn des Hundebesitzers mit zahlreichen dick aufgetragenen Entschuldigungen zu beschwichtigen.

Als sich alle wieder beruhigt hatten, sagte Joseph mit einem Blick auf Beauty zu Luke: »Halt seine Leine. Diese Pest von einem Vieh verdient eine Tracht Prügel.«

»Laß ihn in Ruhe«, sagte Luke, der vor Erregung ganz rot angelaufen war. »Da, mein Junge.« Er fischte in seiner Livreetasche nach einem Stück Schokolade, das ihm Beauty aus der Hand schnappte. Dann setzte Beauty sich hin und bettelte japsend um mehr.

»Hast du den Verstand verloren?« wollte Joseph wütend wissen.

»Nein, das Tier da bedeutet Geld, ganze Säcke voller Geld.«

»Quatsch«, sagte Joseph, der es aufgegeben hatte, sich in Lukes Gesellschaft gewählt auszudrücken.

»Einen Besen fress' ich, wenn er kein Geld bringt«, sagte Luke. »Der Hund ist ein Kämpfer, und drüben in Surrey werden Hundekämpfe veranstaltet. Der Meister-Killer läßt sich mit jedem Hund ein.«

»Wieviel ist für uns drin?«

»Ein Geldpreis von fünfzig Pfund, ganz zu schweigen von dem, was wir durch Nebenwetten einnehmen können. Der Hund macht nicht viel her. Aber schau dir seine Zähne an!«

Joseph beugte sich hinunter, um Beautys Zähne in Augenschein zu nehmen, aber Beauty knurrte furchterregend und wich zurück.

»Es ist schwierig«, sagte Joseph, sich aufrichtend. »Fest steht, daß das Vieh mich nicht mag. Es würde mich zerfleischen, bevor wir auch nur über der Westminster-Brücke wären.«

»Joseph!« rief eine weibliche Stimme.

»Lizzie«, sagte Joseph düster. »Immer läuft sie mir nach.«

Aber Beauty verwandelte sich von einer Sekunde zur anderen. Er wedelte wie wild mit dem Schwanz und zog an der Leine.

Luke strich sich nachdenklich über das Kinn. »Es gibt jemanden, den er mag«, sagte er. »Laß ihn von der Leine.«

Wieder ließ ihn Joseph von der Leine, und Beauty flitzte unter freudigem Gejaule auf Lizzie zu; dann sprang er an ihr hoch und versuchte, ihr das Gesicht zu lecken.

»Du bist ein guter Hund«, sagte Lizzie. »Platz!«

Beauty legte sich auf der Stelle ins Gras und himmelte Lizzie an.

»Mr. Rainbird hat mich weggeschickt, damit ich etwas an die Luft komme, Mr. Joseph«, sagte Lizzie schüchtern. »Guten Tag, Mr. Luke.«

Sie machte vor dem anderen Lakaien einen Knicks.

»Ich muß Joseph etwas unter vier Augen sagen«, meinte Luke. »Könntest du den Hund bitte ein bißchen spazierenführen, Lizzie? Er scheint dich zu mögen.«

Lizzie nickte, nahm die Leine von Josef und machte sich mit Beauty, der ihr stolz folgte, auf den Weg in den Park hinein.

»Wenn wir Lizzie dazu bringen würden, mit uns zu kommen«, sagte Luke, »würden wir erstklassigen Sport erleben.«

»Sie würde nie den Hund der Herrin zu einem Hundekampf mitnehmen«, rief Joseph aus.

»Sie würde es erst merken, wenn wir dort sind«, entgegnete Luke ungeduldig, »und dann wäre sie mit von der Partie und müßte den Mund halten.«

»Aber wie soll ich einen Abend freikriegen... ganz zu schweigen davon, daß ich Lizzie mitnehmen müßte? Und wie willst du freikriegen?«

»Ich werde mir schon etwas für Blenkinsop ausdenken. Und du, hör zu, du hast mir doch erzählt, daß sie ein Mordstheater um das Spülmädchen machen und daß sie krank gewesen ist und daß viel Aufhebens um sie gemacht wurde mit allen möglichen Mittelchen und einem neuen Bett und all so was.«

»Ja, das habe ich dir erzählt.«

»Warum sagst du nicht Rainbird, daß wir sie zu einem kleinen Spaziergang mitnehmen; auf diese Weise können wir auch den Hund mitnehmen. Wir müssen nur über die Brücke. Ein zehnminütiger Kampf, und wir laufen wieder nach Hause.«

»Ich weiß nicht«, sagte Joseph mit besorgter Miene.

»Fünfzig Pfund, vergiß das nicht, ganz zu schweigen von den Wetten!«

Joseph überlegte es sich. »Also gut«, sagte er. »Aber es gefällt mir nicht, Lizzie hereinzulegen.«

»Du bist wohl in sie verknallt?«

»In ein Küchenmädchen? Ich?« fragte Joseph ungeheuer hochmütig. »Dazu würde ich mich nie herablassen.«

Luke sah Lizzie in einiger Entfernung mit sehnsüchtigen Blicken in ihre Richtung dastehen. Er rief sie herbei.

»Hör zu, Lizzie«, begann Luke. »Ich habe gehört, wie krank du warst.«

Lizzie errötete vor Freude darüber, daß ihr angebeteter Joseph offensichtlich mit seinem besten Freund über sie gesprochen hatte.

»Nun, paß auf«, fuhr Luke herzlich fort, »Joseph und ich haben uns überlegt, daß wir heute abend einen kleinen Spaziergang über die Westminster-Brücke machen wollen, und wir haben uns gefragt, ob du mit uns ein bißchen frische Luft schnappen willst. Du kannst auch den Hund mitbringen. Dann geben nämlich die Madam und Mr. Rainbird Joseph die Erlaubnis dazu.«

»Oh, ich würde so gerne gehen«, sagte Lizzie und zitterte beinahe vor Erregung. »Glaubst du, Mrs. Middleton wird mich gehen lassen, Joseph?«

Joseph runzelte die Stirn, weil er der Ansicht war, Lizzie nahm sich zuviel heraus. Ihm gefiel es, wenn sie ihn vor Luke »Mr. Joseph« nannte.

»Das wird sich schon regeln lassen«, sagte er arrogant. Er machte sich mit Luke auf den Weg, und Lizzie folgte ihnen mit Beauty an der Leine.

Miss Metcalf war entzückt, als Rainbird vor ihr erschien, um sie zu bitten, Lizzie und Joseph am Abend freizugeben, um frische Luft zu schöpfen und Beauty auszuführen. Harriet hatte für sich und die Mädchen Theaterkarten. Sie fühlte sich immer schuldig, weil sie ein Haustier wie Beauty hatte, und war nur zu froh, daß diese Stadtdiener den Hund offenbar ohne weiteres akzeptierten. Sosehr sie sich danach sehnte, Beauty selbst auszuführen, sowenig wollte sie sich der Mißbilligung der tonangebenden Leute aussetzen und damit die Aussichten für eine erfolgreiche Saison für Annabelle und Sarah verderben.

Und Beauty war ja wirklich ein seltsam aussehendes Tier. Die

Mitglieder der Aristokratie hielten sich Affen, Papageien oder Möpse als Haustiere, denn in diesen harten Zeiten konnten sich nur die ganz Reichen den Luxus erlauben, für Tiere zärtliche Gefühle zu hegen. Hunde wie Beauty mußten ihr Futter als Rattenfänger verdienen, oder sie mußten Bratspieße drehen. Da Harriet nicht als exzentrisch getadelt werden wollte, versuchte sie meistens ihre wahre Liebe für das Tier zu verbergen.

Lizzie zog sich ihr bestes Kleid an und bürstete ihr Haar so lange, bis es wieder beinahe seinen ursprünglichen Glanz hatte. Sie steckte ihre Haarflechten mit ihrem vielgeliebten roten Seidenband hoch und polierte die Blechschnallen auf ihren Schuhen. Sie war so aufgeregt, daß sich ihre Wangen mit einer hektischen Röte überzogen, und sie wäre beinahe in Tränen ausgebrochen, als Alice, Jenny und Mrs. Middleton begannen, darüber zu debattieren, ob es klug sei, daß sie überhaupt ausging.

Doch dann war es wirklich soweit, der zauberhafte Augenblick war gekommen, und sie befand sich draußen auf der Clarges Street zwischen Joseph und Luke, die sicherlich, so dachte Lizzie stolz, zwei der schönsten Männer in ganz London waren.

Zu ihrer Überraschung führte sie Luke zu den Mietställen am Ende der Clarges Street. Er sagte, Joseph habe vorgeschlagen, für eine Stunde eine Kutsche zu mieten, da es Lizzie, angegriffen wie sie war, vielleicht zu anstrengend fände, spazierenzugehen, und Lizzie schaute mit Augen, die wie Sterne leuchteten, zu Joseph auf, erstaunt, daß ihr Held sich so viele Umstände um ihr Wohlergehen machte.

Kaum waren sie in den Ställen von Lambeth Mews, als Beauty an dem Pferd, das an die Kutsche geschirrt wurde, Anstoß nahm und versuchte, es anzugreifen. Luke bat Joseph, Beauty festzuhalten, und band ihm das Maul mit einem Stück Schnur zu.

»Muß das sein?« rief Lizzie. »Er schaut so unglücklich.« Lizzie machte sich nicht besonders viel aus Tieren. Sie streichelte den Küchenkater, weil er Joseph gehörte; Tierliebe war ein Luxus der feinen Leute, den sie sich nicht leisten konnte. Der Schnorrer verdiente sich sein Futter, weil er ein hervorragender Mauser war. Ein Hund wie Beauty, der sich den ganzen Tag faul herumrekelte, war eine Schande. Aber Lizzie himmelte die sanfte und liebenswürdige Miss

Metcalf an, und die Angst, die in Beautys wild rollenden kleinen Augen lag, hatte etwas fast Menschliches an sich.

Beauty wurde auf den Boden des Einspänners geworfen. Lizzie saß neben Joseph, und Luke saß vorne und hielt die Zügel.

Lizzie wurde es immer unbehaglicher zumute. Sowohl Luke als auch Joseph rochen deutlich nach Schnaps und wirkten angespannt. Sie schienen vergessen zu haben, daß der Ausflug zu ihren Ehren stattfand, und als Luke schwungvoll in den Piccadilly einbog und Lizzie dabei gegen Josephs Schulter flog, schob sie der Lakai grob zur Seite.

Als sie an der Westminster-Brücke ankamen, mußten sie feststellen, daß dichter Verkehr darauf herrschte. Jedermann schien nach Vauxhall, dem Vergnügungspark, zu fahren. Von unten kam ein leises kummervolles Jaulen. Beauty fühlte sich krank von dem ständigen Anhalten, Anfahren und erneutem Anhalten der Kutsche, und Luke hatte den Strick um sein Maul wirklich sehr fest gebunden.

»Bitte, darf ich Beauty den Maulkorb abmachen?« fragte Lizzie. »Er ist jetzt ganz brav.«

»Ich denk' mir, wir halten ihn besser bei guter Laune«, meinte Luke, drehte sich um und zwinkerte Joseph zu. »Er kann nichts anrichten, jedenfalls nicht, solange wir in der Kutsche sind.«

Lizzie knüpfte die Schnur auf. Beauty bewegte sich dabei unruhig hin und her und knurrte.

»Ruhig«, sagte Joseph. Beauty schaute Joseph voller Haß an. Er gab Joseph die Schuld an seiner üblen Lage, und außerdem roch der Lakai leicht nach Katze. Beauty entblößte die Zähne.

Joseph beugte sich hinunter, um dem Hund eins draufzugeben, aber Beauty packte ihn an seinem schwarzen Samtärmel und zog wild daran. Joseph stieß einen Wutschrei aus.

Beauty sprang aus der langsam fahrenden Kutsche und verschwand in der Menge, die Leine hinter sich her schleifend.

Luke fluchte und versuchte, die Kutsche zu wenden, um Beauty zu folgen. In dem Moment gab es ein Geräusch, das ihnen durch Mark und Bein ging – ihre Kutsche schrammte an der gesamten Seite eines herrschaftlichen Gefährts entlang, wo sie einen langen Kratzer im Lack hinterließ.

»Verdammter Mist!« fluchte Luke, der nicht nur die andere Kutsche, sondern auch das zornrote Gesicht, das ihn aus dem offenen Fenster anfunkelte, erkannte.

Es war sein Herr, Lord Charteris.

»Was machst du denn da?« schrie Seine Lordschaft. »Nein, antworte nicht. Es ist sowieso eine Lüge. Richte Blenkinsop aus, er soll das Geld für das Neulackieren meiner Kutsche von deinem Lohn abziehen, und finde dich morgen um zwei Uhr nachmittags in meinem Arbeitszimmer ein.«

Bevor Luke etwas sagen konnte, hatte Lord Charteris bereits sein Fenster nach oben geschoben und mit seinem Stock an das Kutschendach geklopft, zum Zeichen dafür, daß der Kutscher weiterfahren konnte.

»Das war's dann«, sagte Luke und wendete die Kutsche. »Ich hab' dem alten Blenkinsop erzählt, daß ich meine Großmutter in Euston besuchen muß, weil sie im Sterben liegt.«

»Und das hat er geschluckt?« rief Joseph aus. »Du hast doch Blenkinsop schon letztes Jahr, als wir nach Ascot fuhren, erzählt, daß du auf der Beerdigung deiner Großmutter warst.«

»Halt die Klappe«, murmelte Luke verdrießlich.

»Wir können nicht einfach ohne Beauty zurückfahren«, rief Lizzie.

»O doch, das können wir«, sagte Joseph wütend. »Du erwischst ihn jetzt sowieso nicht mehr. Mir ist es auch egal, wenn er ertrunken ist.«

Lizzie sprang aus dem fahrenden Einspänner und hätte beinahe das Gleichgewicht verloren. Dann verschwand sie in der Menge.

»Laß sie laufen«, meinte Luke. »Der Hund ist längst weg, und es ist nicht so weit bis zur Clarges Street, daß sie nicht zurückfindet.«

Joseph hatte das Gefühl, er sollte aussteigen und Lizzie nachlaufen, aber er hielt kleine Füße für aristokratisch und trug seine besten Schuhe, die ihm zwei Nummern zu klein waren. Seine Zehen pochten und schmerzten. Er würde einige Lügen erzählen müssen, wenn er zurückkam. Doch Lizzie würde ihn nicht im Stich lassen. Das tat sie nie.

Lizzie lief zu einer der Brückenausbuchtungen und schaute nach Stangate auf der Südseite der Themse hinüber. Das da war bestimmt Beauty. Zwei junge Männer packten gerade seine Leine und zogen

ihn mit sich fort. Mit einem Schreckensschrei machte sich Lizzie wieder auf die Beine. Sie rannte Stangate und die Fore Street entlang, bis sie im schwindenden Dämmerlicht Beauty vor sich sah, der immer noch von den beiden jungen Männern gezogen wurde.
Beauty hatte jetzt endgültig die Nase voll. Er hatte sich gerade von dem Schock erholt, daß er grausam in eine Richtung gezerrt wurde, in die er gar nicht wollte. Genug war genug. Mit einer blitzschnellen Bewegung grub er seine Zähne in den Knöchel des einen jungen Mannes, der einen Schmerzensschrei ausstieß und die Leine fallen ließ. Beauty roch den Duft von Bäumen und Blumen und Gras, all die Gerüche des Landes, all die Gerüche der Heimat. Er ergriff so schnell er konnte die Flucht und sauste unter dem Drehkreuz am Eingang hindurch in den Vergnügungspark Vauxhall und ins Gebüsch, wo er sich erst einmal hinstreckte und seine Freiheit in vollen Zügen genoß.

Lizzie, die ihn im Park hatte verschwinden sehen, beschloß, daß ihr nichts anderes übrigblieb, als ihm zu folgen.

Der Vergnügungspark öffnete normalerweise erst im Mai seine Pforten, aber an diesem Abend war er schon vorzeitig aufgemacht worden, um den letzten Auftritt der berühmten Balladensägerin, Mrs. Carlisle, zu feiern.

Der Park bestand aus einem quadratischen Wäldchen von vielleicht zwölf Morgen dicht gepflanzter Bäume. Durch die Bäume führten vier Hauptalleen, die im rechten Winkel von kleineren Wegen durchschnitten wurden. In den Lichtungen befanden sich griechische Säulen, Lauben, Theater, Tempel, eine Orchesterbühne und ein Tanzboden. Ungewöhnlich an dem Park war, daß es dort keine Klassenschranken gab – das gewöhnliche Volk vergnügte sich hier genauso wie die Mitglieder der allerersten Gesellschaft.

Lizzie griff durch den Schlitz in der Seitennaht ihres Kleides, um aus der Tasche ihres Unterrocks einen Shilling, den ihr Rainbird gegeben hatte, herauszuholen. Sobald sie im Park war, stellte sie fest, wie schwierig die Lage für sie als Mädchen ohne Begleitung war. Jedesmal, wenn sie vom Weg abging, um in dem Wäldchen nach Beauty zu suchen, wurde sie von einem angetrunkenen Kerl verfolgt und mußte sich mit Händen und Füßen wieder auf den sicheren Weg zurückkämpfen. Sie versuchte, »Beauty« zu rufen, aber ein

Chor von Rüpeln ließ ein solch höhnisches Echo ertönen, daß sie beschloß, schweigend zu suchen. Sie spürte, wie sie bereits wieder schwach und schwindlig wurde. Die Angst um Harriets Liebling und ihre bequemen neuen Schuhe hatten ihr bis zu diesem Augenblick Flügel verliehen, aber jetzt zitterten ihre Knie; sie stolperte in der Dunkelheit herum und hielt jeden Schatten, der sich ein bißchen bewegte, für den verlorengegangenen Hund.

Beauty war auf Entdeckungsreise gegangen. Irgend jemand hatte seine Leine gestohlen, und er genoß jetzt die Freude, herumzulaufen, ohne im Gebüsch hängenzubleiben. Sein Magen knurrte. Er hielt die Nase in den Wind. Das köstliche Aroma von Westfälischem Schinken lag in der Luft. Er ging immer seiner Nase nach, bis er auf eine Lichtung gelangte.

Vor ihm waren im Halbkreis eine Art Logen aufgebaut, in denen Damen und Herren an Tischen saßen und ein Abendessen im Freien einnahmen.

Plötzlich richteten sich Beautys Knopfaugen auf ein Paar in einer der niedrigen Logen. Er erkannte den Herrn. Und so überzeugt, daß er willkommen war, wie nur ein maßlos verwöhntes Tier es sein kann, sprang Beauty mit freudigem Gewinsel auf ihn zu.

Der Marquis of Huntingdon fühlte sich müde und matt. Er begann allmählich zu glauben, daß es ihm bestimmt sei, das Leben eines Mönches zu führen. Neben ihm am Tisch saß Belinda Romney. Ihr Haar war pomadisiert und glänzte, ihre Augen glitzerten so grün wie die Smaragde um ihren Hals. Ihre Schultern waren herrlich. Der Marquis fühlte plötzlich eine tiefe Abneigung gegen sie. Er würde nie mehr bei ihr liegen können. Wie viele solcher vollerblühten Rosen hatte er schon gepflückt? Plötzlich erinnerte er sich daran, wie er, als er noch Kinderröckchen trug, Süßigkeiten gestohlen und zuviel davon gegessen hatte. Seine Mutter, die nichts von seinem Vergehen ahnte, hatte ihm später etwas Süßes angeboten, und er war ganz grün im Gesicht geworden und aus dem Salon gelaufen. Er fühlte sich jetzt genau wie jener kleine Junge, wenn er Belinda ansah.

Seit der Zeit, als ihm die Treulosigkeit seiner verstorbenen Frau bewiesen hatte, daß sich hinter scheinbarer Reinheit und Unschuld das Herz einer Dirne verbergen konnte, hatte er es vorgezogen, sich mit Halbweltdamen zu vergnügen. Bei ihnen war er wenigstens vor Enttäuschungen sicher.

Es wurde ihm klar, daß er seine Affäre mit Belinda beenden mußte. Es würde kostspielig werden – aber nur finanziell, nicht gefühlsmäßig.

»Belinda, unser Verhältnis war immer sehr erfreulich –«, begann er.

»Und wäre vielleicht noch erfreulicher«, sagte Belinda, »wenn wir essen könnten. Willst du den Schinken endlich aufschneiden, oder ist er nur als Tischschmuck gedacht?«

»Entschuldige bitte.« Der Marquis erhob sich, trat an den kleinen Anrichtetisch und nahm das lange Tranchierbesteck in die Hand. Er hatte gerade ein paar Schinkenscheiben abgeschnitten und war dabei, sie auf einer Platte anzurichten, als er auf einmal Harriet Metcalfs Arme um seinen Hals und ihre Lippen auf seinen spürte. Die Phantasie war so wirklich, daß ihn eine Welle der Zärtlichkeit durchströmte. Er merkte nicht, was um ihn vorging, beachtete nicht, daß Belinda schreiend zusammenfuhr, als Beauty auf den Stuhl sprang, von dem der Marquis eben aufgestanden war, und liebenswürdig in die lachende Menge schaute.

Der Marquis stellte geistesabwesend die Schinkenplatte vor Beauty auf den Tisch.

Die Vision von Harriet verblaßte.

Er traute seinen Augen nicht. Belinda gab gurgelnde Geräusche von sich und deutete auf Beauty, der sich auf die Schinkenplatte gestürzt hatte.

Der Marquis erkannte Beauty. »Was machst du denn hier?« fragte er.

»Erwartest du, daß dir der Hund antwortet?« kreischte Belinda. »Das ist das Tier, das im Park auf mich losgegangen ist.«

»Es ist Harriet Metcalfs Hund«, sagte der Marquis und beugte sich über die Logenbrüstung; mit den Augen suchte er die Menschenmenge ab.

»Ach nein!« Belindas Augen verengten sich zu schmalen Schlitzen. Sie hatte sich Harriets Namen beim Ball der Phillips sagen lassen, da sie unbedingt wissen wollte, wer die blonde Zauberin war, die ihr den Liebhaber abspenstig machte.

»Huntingdon«, befahl Belinda in scharfem Ton, »schaff uns das Tier vom Hals.«

»Sogleich«, sagte er, während seine Augen immer noch die Leute musterten. »Ich halte nach Miss Metcalf Ausschau.«

»Oooh!« Vor Wut nicht mehr zu bremsen, schlug Belinda heftig mit dem Fächer auf Beautys schmalen Kopf. Beauty packte den Fächer, zerbiß knirschend die Schildpattstäbchen und spuckte die Bescherung auf den Tisch.

Belinda erspähte einen ihrer Bewunderer in der spottenden und lachenden Zuschauermenge. »Huntingdon«, sagte sie, »wenn du nichts gegen diesen Köter unternimmst, verlasse ich dich.«

Der Marquis antwortete nicht, weil er gerade Lizzie entdeckt hatte.

»Ah, da ist ja das Küchenmädchen. Wie war doch gleich ihr Name? Ach ja. Lizzie... Lizzie!« rief er laut.

Lizzie blickte nach oben und sah nicht nur den Marquis, sondern auch Beauty, der auf dem Tisch stand und eine Bowle Arrakpunsch ausschleckte.

Als Lizzie die Loge betrat, kippte Beauty gerade ganz langsam um und fiel besinnungslos vor Trunkenheit auf den Tisch; er begann auf der Stelle zu schnarchen.

»Ich nehme ihn mit«, sagte Lizzie eifrig. »Es tut mir so leid, Mylord, aber ich habe gesucht und gesucht...« Sie nahm den schweren, bewegungslosen Hund auf den Arm und stand dann schwankend da; ihr Gesicht war weiß wie ein Blatt Papier.

Der Marquis faßte sie um die Taille und rief Belinda zu: »Hilf mir mit ihr. Ich kann nicht den Hund und das Mädchen tragen.«

Belinda blitzte ihn wütend und eifersüchtig an. »Dann schlage ich vor, daß du nach Miss Metcalf schickst.« Sie trippelte anmutig aus der Loge und verschwand am Arm ihres Bewunderers, eines Mr. Lacey, der hoffnungsvoll gewartet hatte, als er sah, wie wütend sie auf den Marquis war.

Der Marquis setzte Lizzie auf einen Stuhl, hob Beauty am Halsband hoch und warf ihn unter den Tisch. Er tauchte sein Taschentuch in Eiswasser und legte es dem Hausmädchen an die Schläfen. Lizzie versuchte, sich aufzurichten, aber er hielt sie mit starker Hand fest.

»Wo ist deine Herrin?« fragte er.

»Miss Metcalf ist im Theater, Mylord. Es hat alles begonnen, als ich unserem Lakaien Joseph im Green Park begegnet bin…«

Der Marquis hörte ihr zu, bis sie ihre Geschichte beendet hatte. Dann sagte er: »Du hast Glück, kleine Lizzie, daß ich sowieso nach West End zurückfahre. Du kannst in meiner Kutsche bis zur Clarges Street mitfahren.«

Er versuchte, Beauty ins Leben zurückzuholen – ohne Erfolg. Deshalb warf er sich den betrunkenen Hund wie einen abstoßend häßlichen Pelzkragen um den Nacken und ging zu seiner Kutsche voraus. Zahlreiche Mitglieder der allerersten Gesellschaft blieben stehen, um zu beobachten, wie der große Marquis of Huntingdon einem Wesen, das offensichtlich ein Dienstbote der niedrigsten Klasse war, in seinen Wagen half, während er um den Hals etwas trug, das wie ein toter Hund aussah.

Der Marquis behandelte seine Diener mit derselben unvoreingenommenen Höflichkeit, mit der er die meisten Mitglieder der höchsten Klassen behandelte. Auf der Rückfahrt ermutigte er Lizzie, über sich zu sprechen, und zeigte ihr verschiedene berühmte Leute, ganz so, als säße eine junge Debütantin neben ihm.

Diese Wagenfahrt bedeutete für den Marquis sehr wenig, aber für Lizzie bedeutete sie die ganze Welt. Sie verbrachte den Großteil ihres Lebens unter der Erde, auch wenn Rainbird sie sehr großzügig spazierengehen ließ, und sie hatte das Gefühl, als wäre sie in eine andere Welt versetzt. Die Luft war warm und angenehm. Die Gaslichter auf der Westminster-Brücke flackerten in ihren gläsernen Schirmen. Zum ersten Mal in ihrem Leben fragte sich Lizzie, ob sie immer ein Küchenmädchen bleiben müsse oder ob es nicht vielleicht doch einen Weg nach oben für sie gab – einen Weg, zu dem Kutschenfahrten gehörten und der sie in eine Welt brachte, in der man sie mit der gütigen, rücksichtsvollen Höflichkeit behandelte, die sie im Moment erfuhr.

»Ich weiß nicht, warum Joseph und Luke mich und den Hund in einem Einspänner ausführen wollten«, sagte sie schüchtern.

»Mein liebes Kind«, sagte der Marquis, »wenn zwei junge Männer plötzlich den Wunsch äußern, einen Hund nach Surrey zu bringen, dann bedeutet das gewöhnlich, daß sie den Hund kämpfen lassen wollen.«

»Das würden sie nie tun«, brachte Lizzie fassungslos hervor.

»Man kann eine Menge Geld dabei gewinnen. Sei nicht zu streng mit ihnen.«

Lizzie verdaute diese Mitteilung schweigend. Joseph war für sie immer die Verkörperung all dessen gewesen, was ein Gentleman war, auch wenn er sich ganz schlecht benahm. Aber jetzt war sie mit einem wirklichen Gentleman zusammen, und dieser verspottete sie nicht und fand sie auch nicht dumm. Als der Marquis schwungvoll von der Brücke abbog, rutschte sie auf seinen Sitz, und ohne die Augen von der Straße zu nehmen, streckte er die Hand aus, um sie zu stützen. Joseph hätte sie weggestoßen.

»Ich glaube nicht, daß deine Herrin schon zu Hause ist«, sagte der Marquis.

»Nein, Mylord«, antwortete Lizzie. »Ich werde den Hund mit hinunter in die Küche nehmen und… und… sowenig Aufhebens wie möglich machen.« Sie schaute ihn ängstlich an.

»Ja, mein Kind«, sagte er, »du kannst beruhigt schlafen; ich überlasse alle Erklärungen dir. Du fragst dich, was für Lügen du erzählen mußt, um die Geschichte des Lakaien zu untermauern?« Genau das hatte sich Lizzie gerade gefragt und sah den Marquis voller Ehrerbietung an.

Aber Pech für Joseph. Er war bereits in größten Schwierigkeiten, bevor Lizzie in Nummer 67 ankam. Rainbird war entsetzt, als Joseph allein nach Hause kam. Vergeblich hatte sich der Lakai aufgeplustert und versucht, die Sache herunterzuspielen. Rainbird hatte von der Fahrt in dem Einspänner erfahren. Warum hatte man eine Kutsche gemietet, wenn der Zweck des Ausgangs ein Spaziergang mit Lizzie war? Und was hatte Luke damit zu tun?

Schließlich rückte Joseph, an die Küchenwand gedrückt und Auge in Auge mit dem wütenden Butler und dem Koch, mit der Wahrheit heraus.

»Du herzloser Mensch«, rief Jenny. »Die arme kleine Lizzie. Sie hat gedacht, du tust alles für sie. Oh, und was wird Madam dazu sagen?«

»Nichts. Denn wir müssen uns auf den Weg machen und den

Hund und Lizzie suchen, und wenn es die ganze Nacht dauert«, sagte Rainbird. »Mrs. Middleton, Sie bleiben am besten mit Dave hier, um das Haus zu hüten, während wir übrigen weg sind.«

Der Suchtrupp kam gerade aus dem Kellergeschoß, als ein Phaeton mit hohen Rädern vor dem Haus anhielt, und sie blieben mit offenen Mündern stehen, als der Marquis of Huntingdon herabsprang und Lizzie beim Aussteigen half. Dann hob der Marquis Beauty vom Boden der Kutsche auf. In diesem Moment drehten sich alle um und sahen Harriet Metcalf auf den Eingangsstufen stehen. Im Theater hatte es einen Aufruhr gegeben – kein seltenes Ereignis in diesen Tagen –, weil die Theatermanager die Eintrittspreise erhöht hatten, und das Publikum hatte seine Rache genommen.

Lord Vere war ebenfalls im Theater gewesen und hatte sich wunderbar bei der Rettung der Damen in dem Aufruhr bewährt und sie nach Hause gebracht. Als er gegangen war, hatten Annabelle und Sarah gesagt, sie wollten früh ins Bett; Harriet, die noch im vorderen Salon ein Buch las, hörte die Ankunft der Kutsche und wollte sehen, wer gekommen war.

Jetzt stand sie da, und die leichte Abendbrise bewegte die widerspenstigen Strähnen ihres blonden Haars, die sich immer aus dem Knoten lösten, egal wie fachkundig sie frisiert war. Sie sah den Marquis mit Beauty im Arm.

Sie dachte, Beauty sei tot. Und zugleich mit diesem, sie bis ins Herz treffenden Gedanken kam die Einsicht, daß sie vor der Dienerschaft über den Tod eines sonderbaren Bastards nicht in Tränen ausbrechen durfte. Erstaunt darüber, daß ihre Stimme nicht zitterte, fragte sie: »Ist er tot?«

»Betrunken«, sagte der Marquis.

Harriet rannte zu ihm hin und schob ein Augenlid des Hundes hoch. Er schnarchte leise und bewegte sich in den Armen des Marquis.

»Gott sei Dank«, flüsterte sie. Dann sah sie Lizzie.

»Bitte erzählen Sie mir, was passiert ist«, bat sie.

Der Marquis wies mit dem Kopf auf Lizzie, zum Zeichen, daß das Küchenmädchen die Sache erklären sollte. Lizzie schaute Joseph an, und Joseph warf ihr einen flehenden Blick zu.

»Ihr Hund ist leider weggelaufen, Miss Metcalf. Ich hätte darauf warten sollen, daß Joseph mit mir kommt, aber ich bin hinter dem Hund hergerannt und habe ihn schließlich im Vergnügungspark Vauxhall wiedergefunden. Seine Lordschaft war so freundlich, mich heimzubringen.«

Harriet hatte das Gefühl, daß sie aus allen Fenstern der Straße beobachtet wurden.

»Das war sehr nett von Ihnen, Mylord«, sagte sie. »Darf ich Ihnen etwas zu trinken anbieten?«

Der Verstand des Marquis forderte ihn auf, abzulehnen. Seine Gefühle rieten ihm, anzunehmen. Seine Gefühle trugen den Sieg davon.

»Danke«, sagte er. »Vielleicht kann sich einer Ihrer Diener um meine Pferde kümmern?«

Er folgte Harriet ins Haus, immer noch Beauty auf den Armen.

»Darf ich den Hund irgendwohin legen, Madam?« fragte er.

»Ich weiß nicht, wie es Ihr kleines Dienstmädchen schaffte, ihn auch nur hochzuheben. Er ist verdammt schwer.«

»Selbstverständlich«, sagte Harriet. »Legen Sie ihn vor den Kamin. Setzen Sie sich, Mylord, und erzählen Sie mir, wie es kommt, daß mein armer Beauty betrunken ist.«

Der Marquis legte Beauty auf den Teppich und setzte sich dann Harriet gegenüber in einen Sessel. Harriet errötete leicht und wich seinem Blick aus. Sie bereute ihre Einladung bereits. Sie war nämlich im Theater, bevor der Aufruhr begann, von einem solch physischen Verlangen nach ihm überwältigt worden, daß sie ihn leibhaftig vor sich sah, und dann hatte sie unglücklich gedacht, daß es an London liegen mußte, daß sie auf so schamlose Gedanken kam und sich dabei wie eine Hure fühlte.

»Ich war in Vauxhall«, erzählte der Marquis, »bei einem Abendessen im Freien, als ich mich plötzlich umschaute, und da saß Ihr Hund am Tisch, mit Messer und Gabel in den Pfoten, und verschlang Schinkenscheiben.«

»Was geschah wirklich?« fragte Harriet. »Danke, Rainbird. Stellen Sie das Tablett da hin, wir bedienen uns selbst.«

»Er hat sich wirklich zu einer Schinkenplatte verholfen, Miss Metcalf, und dann kam Lizzie angerannt und wäre beinahe in Ohnmacht gefallen. Zu dem Zeitpunkt hatte Beauty bereits seine

Schnauze in die Punschbowle getaucht und war bewußtlos umgekippt.«

Harriet goß ein Glas Wein für den Marquis ein und dann eines für sich. »Mein armer Beauty«, meinte sie. »Ich fürchte, er ist kein sehr wohlerzogener Hund.«

Der Marquis dachte, daß das milde ausgedrückt war, aber er schwieg höflich und schaute sie statt dessen an. Der Kerzenleuchter auf dem Kaminsims vergoldete ihr Haar. Ihr Kleid war aus einem weichen blauen Stoff, mit einem Spitzenbesatz um das tief ausgeschnittene Dekolleté.

»Ich muß Lizzie irgendwie belohnen«, sagte Harriet. »Es war sehr tapfer von ihr, allein nach Beauty zu suchen.«

»Vielleicht tapferer, als Ihnen klar ist, Madam. Der Vergnügungspark in Vauxhall ist kein Ort für junge Damen ohne Begleitung. Sie müssen sich das vorstellen, wie sie im Dunkeln, beinah von Sinnen vor Sorge um den Hund, herumgelaufen ist. Sie ist ein ausgesprochen nettes Kind.«

»Vielleicht Geld...«, meinte Harriet unsicher.

»Geld ist nicht auf alles die Antwort«, sagte der Marquis. »Wenn Sie ihr Geld geben, wird sie es ohne Zweifel mit den anderen Dienern teilen. Sie haben da einen Keller voller Jakobiner. Man muß sie nur eine Sekunde alle zusammen sehen, und man weiß sofort, daß sie zu einem demokratischen Clan zusammengewachsen sind. Ich hatte das Gefühl, daß ich Lizzies Familie kennenlernte, als ich zurückkam, nicht ihre Vorgesetzten.«

»Von Familie ist nicht viel zu spüren, wenn sie zulassen, daß das Kind auf einer feuchten Matratze auf dem Küchenboden schläft«, sagte Harriet.

»Das Leben muß hart für sie sein«, sinnierte der Marquis. »Sie haben offensichtlich immer nur während der Saison Arbeit und gehören nicht zu einem großen Haushalt, wo sie das ganze Jahr über beschäftigt sind. Ich glaube nicht, daß sie viel verdienen, wenn die Saison vorüber ist. Das würde ihre Gleichgültigkeit gegenüber Lizzies Schlafplatz erklären. Nur Leute wie wir, die gut genährt sind, können sich den Luxus sentimentaler Gefühle für verwahrloste Kinder... und Hunde erlauben.«

»Ich habe kein Geld«, verteidigte sich Harriet, »aber Beauty war einmal der einzige Freund, den ich hatte, und ich habe gern mein Essen mit ihm geteilt.«

»Um auf das Thema Lizzie zurückzukommen. Erziehung für jemanden wie sie ist mehr wert als Gold. Wenn ihr ein bißchen was beigebracht wird und sie etwas lernt, könnte sie sich um die Stelle eines Hausmädchens bewerben und dann vielleicht zur Kammerzofe aufsteigen.«

»Das ist eine sehr gute Idee«, entgegnete Harriet herzlich. »Ich werde sie selbst unterrichten.«

Er lächelte sie plötzlich an. Die Ernsthaftigkeit, mit der sie sich um Lizzies Wohlergehen sorgte, gefiel ihm ebensogut wie der Ausschnitt ihres Kleides und ihre weiche, melodische Stimme. Der Teufel ritt Harriet, als sie sagte: »Hoffentlich hat das Benehmen meines vulgären Hundes Ihre Begleiterin in Vauxhall nicht allzu sehr verstört?«

»Doch«, sagte der Marquis, und sein höfliches Gesicht gab nichts preis, »es hat sie sehr verstört.«

Harriet hätte sich denken können, daß der Marquis nicht allein im Vergnügungspark war. Aber sie hatte gehofft, daß er mit einem Freund dort war. Nur deshalb, so sagte sie sich streng, weil sie das Beste für Sarah wollte.

Aber ein Schatten überflog ihr Gesicht, und sie trank schnell ihr Glas Wein aus und schaute unmißverständlich auf die Uhr. Der Marquis stellte sein Glas nieder und erhob sich. Harriet stand ebenfalls auf und machte einen Knicks, womit sie ihre Erwartung, daß er sich verabschiedete, bestätigte.

Er zog ihre Hand an die Lippen und lächelte in ihre Augen herab. Harriet zog ihre Hand zurück und vergrub sie in den Falten ihres Kleides.

Sein Gesicht wurde flammendrot bei dieser Beleidigung.

»Sie sind so … bewandert in der Kunst der Verführung, Mylord«, sagte Harriet, »und ich bin es gar nicht.«

»Nein, wirklich nicht«, stimmte ihr der Marquis zu. »Den Vorwurf kann Ihnen keiner machen – Sie versuchen sich nicht einmal in der Kunst der Höflichkeit. Guten Abend.«

Traurig sah ihm Harriet nach und lauschte dann, bis das letzte Geräusch der Kutschenräder in der Nacht verklungen war. Lord

Vere forderte nicht immer ihr schlechtes Benehmen heraus. Sie setzte sich neben Beauty auf den Boden und streichelte sein rauhes, schäbiges Fell. »Was geschieht mit mir, Beauty?« fragte sie. Aber Beautys Antwort bestand nur in einem betrunkenen Schnarchen.

7

Am nächsten Tag stieg Rainbird die Stufen zur Gesindestube mit der Nachricht hinab, daß Lizzie bei Miss Metcalf lesen und schreiben lernen solle. Miss Metcalf habe vor, bereits morgen mit dem Unterricht zu beginnen und Lizzie um halb elf Uhr vormittags eine halbe Stunde ihrer Zeit zu widmen.

»Mir scheint, sie verdient es«, sagte Alice auf ihre bedächtige Art. »Ich bin nicht gut, wenn's ums Lernen geht, das ist nicht mein Fall.«

»Ich auch nicht«, meinte Dave. »Warum Liz?«

»Weil sie ein tapferes Mädchen ist, deshalb«, sagte Jenny und warf Joseph einen giftigen Blick zu. »Weißt du was, Lizzie, wenn wir die Gastwirtschaft, die wir uns alle wünschen, haben, dann kannst du die Bücher führen und wie eine Lady dasitzen.«

»Ich hätte sie auch unterrichten können«, grollte Angus MacGregor, der Koch.

»Na, von dir hätte sie wahrscheinlich nicht viel gelernt«, meinte Joseph. »Du hättest sie nur angeschrien und mit dem Bratspieß auf sie eingeschlagen, wenn sie nicht das getan hätte, was du wolltest.«

»Wir Schotten sind nicht wie ihr Angelsachsen«, entgegnete der Koch. »Es gibt im ganzen Land weit und breit kaum ein Kind, das nicht lesen und schreiben kann.«

»Werde nur nicht hochmütig, Lizzie«, sagte Mrs. Middleton.

»Und gib uns weiter, was sie dir beibringt«, sagte Alice. »Wir könnten im Winter hier unten Schule halten.«

Ein wahres Bildungsfieber setzte ein, und Rainbird versprach, ihnen allen ein paar antiquarische Fibeln zu kaufen.

Nur Joseph saß ein bißchen abseits und litt sowohl körperlich als auch seelisch. Rainbird hatte ihm am Abend zuvor eine Tracht

Prügel versetzt, aber es war Lizzies neue Haltung ihm gegenüber, die ihn am meisten schmerzte.

Joseph war sich nie bewußt gewesen, wie selbstverständlich er die Ergebenheit des kleinen Spülmädchens hinnahm. Und jetzt schaute ihn Lizzie kaum an.

Eine Etage höher frühstückte Harriet mit Sarah und Annabelle und erzählte ihnen eine sorgfältig bearbeitete Fassung der Ereignisse des vergangenen Abends. Eine gewisse Vorsicht veranlaßte sie, nicht zu sagen, daß sie den Marquis auf ein Glas Wein eingeladen hatte. Obwohl sie sicher war, daß die liebe Sarah Verständnis dafür hätte, könnte sich das Mädchen vielleicht doch darüber ärgern, daß sie eine Gelegenheit versäumt hatte, ihre Zeit in seiner Gesellschaft zuzubringen. Wenn es doch bloß zwei Lord Veres gäbe, dachte Harriet.

Der Rest des Tages verging auf angenehmste Weise. Lord Vere kam zu Besuch und unterhielt sich etwa eine halbe Stunde mit Sarah und Annabelle. Dann gingen sie in die Oper, wo er ihnen eine Loge beschafft hatte. Der Marquis of Huntingdon gab kein Lebenszeichen von sich.

Harriet begleitete ihre Schützlinge während der darauffolgenden Woche auf Bälle und Empfänge und Gesellschaften. Die Saison nahm sie voll in Anspruch; das Tempo wurde geradezu hektisch. Der Marquis trat bei keinem gesellschaftlichen Anlaß in Erscheinung. Sarah wurde allmählich ungeduldig und fragte Harriet immerzu auf ihre liebenswürdige Art, ob sie vielleicht etwas gesagt hatte, das den schönen Lord verletzt haben könnte.

Harriet war nahe daran, Sarah zu gestehen, daß sie in der Tat sehr unhöflich zu Lord Huntingdon gewesen war, als ihn Lord Vere zurück in ihr Leben brachte.

Er erzählte, der Marquis habe einen Ausflug mit der Kutsche vorgeschlagen. Lord Vere hatte herausgefunden, daß der Marquis auf seinem Landgut gewesen war, und dieser hatte ihn bei seiner Rückkehr mit dem Vorschlag zu dem Ausflug überrascht.

Lord Vere war inzwischen hoffnungslos in Harriet verliebt und hatte beschlossen, um ihre Hand anzuhalten. Er wollte jedoch nicht, daß sein Freund auch nur den geringsten Verdacht in dieser Hinsicht hegte, denn er hatte Angst, der Marquis könnte ihm den Rang ablaufen.

Als Harriet die Einladung angenommen hatte, begann sie sich nachträglich darüber Gedanken zu machen, ob es klug sei, wenn sie selbst auch an dem Ausflug teilnahm. Sie war überzeugt davon, daß irgend etwas sie veranlassen würde, den Marquis zu verärgern; er würde wütend sein, und Sarahs Hoffnungen würden sich zerschlagen. Harriet fragte sich gerade, was sie tun sollte, als Miss Josephine Spencer in Nummer 67 eintraf. Harriet war hocherfreut, sie zu sehen. Es stellte sich heraus, daß Miss Spencer in die Hauptstadt gekommen war, um bei einer älteren Verwandten in Lincoln's Inn Fields zu wohnen. Harriet setzte sich hin und unterhielt ihre Freundin mit allem, was seit ihrer Ankunft in London geschehen war.

Miss Spencer hörte sie schweigend zu Ende an und sagte dann: »Bist du sicher, daß dieser Lord Vere und dieser Lord Huntingdon nicht eher an dir interessiert sind als an den Zwillingen?«

»Ja, natürlich – ganz sicher«, sagte Harriet. »Ich habe doch keine Mitgift. Aber da ist etwas, was ich dir noch nicht erzählt habe, Josephine. Ich sage zu Huntingdon die schrecklichsten Dinge, und er hegt schon einen regelrechten Widerwillen gegen mich, deshalb bin ich ganz eindeutig nicht der Grund für die morgige Spazierfahrt. Aber ich mache mir Sorgen, daß ich wieder etwas Falsches sagen könnte – und Sarah würde mir nie verzeihen. Sie ist recht angetan von dem Marquis. Um die Wahrheit zu sagen«, sagte Harriet in unverblümter Offenheit, »jede Frau wäre von ihm angetan. Er sieht umwerfend gut aus und... und er lächelt so bezaubernd. Aber er ist ein Wüstling.«

»Sind sie das etwa nicht alle?« meinte Miss Spencer zynisch.

»Ich wünschte, ich hätte jemanden, den ich morgen statt meiner mitschicken könnte.«

»Ich werde mitfahren«, sagte Miss Spencer, ohne zu überlegen, »unter der Voraussetzung, daß du sicher bist, daß die Herren nicht hinter dir her sind.«

»Natürlich!«

»Warum würde dich das so überraschen? Ich hätte gedacht... nun, macht nichts. Mit was für einer Ausrede soll ich ihnen kommen?«

Doch bevor Harriet antworten konnte, trat Rainbird ein, der offensichtlich mit ihr sprechen wollte, aber innehielt, als er Miss Spencer sah. Joseph hatte sie nämlich hereingelassen, und da er dachte, sie sei eine alte Schachtel, die nicht weiter wichtig sei, hatte er sich nicht die Mühe gemacht, den Butler von ihrer Ankunft zu unterrichten.

»Ja, Rainbird«, fragte Harriet.

»Es ist eine private Angelegenheit, Madam«, sagte Rainbird.

»Wir können sie ruhig jetzt besprechen, wenn Sie wollen«, sagte Harriet. »Miss Spencer ist eine alte Freundin und weiß alles, was mich betrifft.«

Rainbird holte tief Atem und wagte es. Er hatte von dem geplanten Ausflug nach Richmond erfahren, und da seine Dienste am morgigen Tag nicht benötigt wurden, wollte er einen Tag frei nehmen, um nach Brighton zu fahren, wo er »eine ganz alte Freundin« besuchen wollte.

Das Herz des Butlers sehnte sich schon die ganze Zeit nach Felice, der französischen Kammerzofe. Er hatte versucht, sich zu zügeln und bis zum Ende der Saison zu warten, wo er Zeit hatte, aber er war außer sich vor Sorge, daß sie inzwischen doch einen freien Bürger heiraten könnte.

Miss Metcalf musterte ihn so lange schweigend, daß Rainbird schon befürchtete, er habe sie verärgert. Dann überraschte sie ihn mit den Worten: »Brighton. Ich habe noch nie das Meer gesehen. Außerdem mache ich mir Sorgen um die kleine Lizzie. Vielleicht tut uns allen ein bißchen frische Luft gut. Mieten Sie eine große Reisekutsche, Rainbird, dann fahren wir alle.«

Rainbird versuchte, seine Gesichtszüge so im Zaum zu halten, wie es sich gehörte, aber sein Komödiantengesicht strahlte vor Glück.

»Vielen Dank, Miss Metcalf«, sagte er. »Ich werde die übrige Dienerschaft informieren. Dave, der Spüljunge, kann das Haus hüten.«

»Ich glaube, das wäre ungerecht Dave gegenüber«, meinte Harriet. »Wir werden uns davon überzeugen, daß alle Fensterläden und Türen fest geschlossen sind.«

Als Rainbird hinausgegangen war, sagte Miss Spencer nachdenklich: »Ein sehr attraktiver Mann, dein Butler.«

»Rainbird?«

»Ja, Rainbird. Er hat ein kluges Gesicht und eine gute Figur; und die Beine sind wirklich seine eigenen. Keine falschen Waden.«

»Warte, bis du den Marquis of Huntingdon kennenlernst.« Harriet lachte. »Die Baroness Villiers, die eine ziemlich grimmige alte Matrone ist, hat mir, ohne das Gesicht zu einem Lächeln zu verziehen, erzählt, daß Huntingdons Beine ›das Gespräch von Europa‹ waren.«

Miss Spencer lächelte, aber ihr Geist beschäftigte sich fieberhaft mit etwas anderem. Sie fragte sich, ob Harriet in den Marquis verliebt war.

Sarah und Annabelle waren entzückt von der Abmachung. Beide hatten schon das Gefühl gehabt, daß Harriet viel zu hübsch war, um sie ständig um sich zu haben; ein Drache wie Miss Spencer als Anstandsdame dagegen würde bestimmt keinen Gentleman von ihren eigenen Reizen ablenken.

Insgeheim lachten und kicherten sie über den Plan von Harriet, mit dem Dienerpack nach Brighton zu fahren. »Und paß auf«, sagte Sarah und wischte sich die Tränen vor Lachen aus den Augen, »sie wird auch diesen gräßlichen stinkenden Hund mitnehmen, und er wird auf der Straße nach Brighton jedermann anfallen.«

»Weißt du, Schwesterchen«, sagte Annabelle, »hast du gemerkt, daß die Herren starkes Interesse an Harriet zeigen, obwohl sie bei Bällen und Gesellschaften, wie es sich gehört, an der Wand sitzt?«

»Aber natürlich, du Dummchen«, entgegnete Sarah. »Wie sollen sie denn sonst mit uns bekannt werden?«

Unten in der Gesindestube herrschte fieberhafte Aufregung. Die einzige, die nicht betroffen war, war Emily, die immer seltener bei der übrigen Dienerschaft anzutreffen war. Sie hatte gesagt, sie sei ständig bei ihren jungen Herrinnen, da sich diese mindestens sechsmal am Tag umzögen, aber Jenny erzählte, daß Mary, dem Hausmädchen von nebenan, Emily gesehen habe, wie sie im Gespräch mit einer vornehmen Dame durch den Shepherd-Markt gegangen sei. Emily überraschte sie alle dadurch, daß sie nicht mit nach Brighton fahren wollte. Die Misses Hayner beabsichtigten erst um zehn Uhr aufzubrechen, während Miss Metcalf und die Diener schon bei Tagesanbruch losfahren wollten. Sie mußte die Damen für ihren Ausflug herrichten, und es sei auch besser, wenn jemand dabliebe, um das Haus zu bewachen, fügte sie tugendhaft hinzu. Lizzie hatte das Gefühl, vor Glück zu vergehen. Das einzige, was noch gefehlt hatte, um ihnen einen Tag ungetrübter Freude zu garantieren, war Emilys Absage. Lange nachdem Harriet, Sarah und Annabelle sich zum Schlafen zurückgezogen hatten, waren die Diener noch wach, bürsteten ihre besten Kleider und polierten ihre Schuhe. Rainbird hatte im besten Mietstall der Stadt eine schnelle Reisekutsche gemietet. Er hoffte, daß Miss Metcalf nicht zu entsetzt über die Ausgabe war.

Jedermann betete auf seine Art um schönes Wetter. Lizzie wurde so weiß vor Aufregung über die Aussicht, das Meer sehen zu dürfen, daß sie ins Bett geschickt wurde. Sie lag in ihrem neuen Bett und war kaum in der Lage, ihre Bequemlichkeit wie sonst in vollen Zügen zu genießen, weil sie fürchtete, daß etwas Schreckliches passieren könnte, das sie von der Reise abhielt. Aber der Morgen dämmerte klar und schön, und beim ersten Tageslicht kletterten sie alle in die Kutsche. Sogar Beauty machte einen begeisterten Eindruck, nachdem er sich von seinen Ausschweifungen in Vauxhall erholt hatte. Wenn er seine Herrin bei sich hatte, wirkte er wie ein sanfter und gehorsamer Hund.

Der Anblick des Schnorrers, der auf der Küchentreppe lauerte, veranlaßte ihn allerdings zu einem Ausbruchsversuch, aber ein strenges Wort von Harriet schüchterte ihn schnell wieder ein. Dennoch registrierte Beauty in seinem Hundeverstand zwei Tatsachen – Katze und Küche. Luke polierte in trüber Stimmung die Messingbeschläge an der Haustür von Nummer 65. Warum sagte Joseph immer, daß über dem Haus, in dem er arbeitete, ein Fluch liege? Erstaunliche Dinge schienen in Nummer 67 vor sich zu gehen. Wer wurde denn sonst von seinem Herrn oder seiner Herrin zu einem Ausflug mitgenommen? Und noch dazu mit einem solchen Aufwand! Was war das für ein schnelles Gespann mit vier Stuten, die leicht ihre fünfzehn Meilen die Stunde schafften!

Traurig mit seinem Poliertuch hinter ihnen her winkend, verfolgte Luke die Kutsche mit den Augen, bis sie in den Picadilly eingebogen war.

Mrs. Middleton, Jenny, Alice und Lizzie saßen mit Harriet innen, während die Männer auf dem Dach reisten.

Harriet war es nicht leichtgefallen, ihren Schrecken zu verbergen, als ihr Rainbird sagte, wieviel die Kutsche, der Kutscher und der Pferdeknecht kosteten, aber es war ihr gelungen, ihre Betroffenheit zu verbergen. Es tat ihr immer weh, Geld, das ihr nicht gehörte, ausgeben zu müssen. Sie hatte gehofft, von dem ihr für den Londoner Aufenthalt zur eigenen Verfügung gestellten Geld etwas zurücklegen zu können, aber es war selbstverständlich, daß sie die Kosten für den Ausflug selbst übernehmen würde, auch wenn sie dabei an ihre Ersparnisse gehen müßte. Sie entschuldigte sich bei Lizzie dafür, daß sie ihre Unterrichtsstunde verschoben hatte, und versprach, am folgenden Morgen damit zu beginnen, und dann lehnte sie sich bequem zurück, um die Fahrt zu genießen.

Mrs. Middleton fragte Harriet, ob die Zeitungen die Wahrheit berichteten und der Prince of Wales wirklich plane, den Royal Pavillon in Brighton umzubauen und ihm indische Türme aufzusetzen.

Harriet antwortete, daß sie aus den Gesprächen der anderen Anstandsdamen entnommen habe, daß der Prinz im Moment für chinesische Kunst schwärme, und daß sie gehört habe, daß die königlichen Ställe und die Reithalle, die im Jahr zuvor fertig geworden waren, wirklich wunderbar seien. Die Ställe hätten eine Kuppel von achtzig Fuß Durchmesser und böten vierundvierzig Pferden in Boxen, die sich um den großen Kreis in der Mitte herumgruppierten, Platz. Über den Pferdeboxen befänden sich die Räume für die Pferdeknechte und das Zaumzeug. In der Mitte sei ein Brunnen mit Trinkwasser für die Pferde. Man habe erzählt, die neuen Gebäude seien im islamisch-indischen Stil erbaut; es könne deshalb gut sein, daß der Prinz von seiner China-Schwärmerei wieder abgekommen sei.

Jenny, die nicht daran gewöhnt war, frei mit Höherstehenden zu sprechen, sagte schüchtern, daß es jetzt sicher zu sein schien, daß man den Prinzen zum Regenten machte. Harriet stimmte ihr zu und erzählte noch mehr Geschichten, die sie gehört hatte.

Lizzie saß da und saugte alles gierig in sich auf. Miss Metcalfs Art, mit den Dienern umzugehen, war so natürlich und ungezwungen, daß sie sich allmählich entspannten, auch wenn sie alle darauf bedacht waren, ja nicht die Grenze zu überschreiten oder sich irgendwelche Vertraulichkeiten herauszunehmen.

Es war alles sehr aufregend. Sie rollten in rasantem Tempo auf der

Landstraße nach Brighton dahin und hielten an schmucken Poststationen an, um die Pferde zu wechseln und sich mit einem Imbiß zu stärken. Nur Rainbird zweifelte allmählich daran, daß es von Miss Metcalf richtig gewesen war, so großzügig zu sein, während er auf seine geschickte Art mit den Pferdeknechten und Gastwirten verhandelte. Dave und Joseph waren nämlich so entzückt davon, wie junge Gentlemen behandelt zu werden, daß sie sich auch so aufführten, wie es ihrer Ansicht nach Gentlemen taten – was bei Joseph nichts Ungewöhnliches war, aber bei Dave beunruhigte. Wohlleben erzeugt Unzufriedenheit, wie Rainbird wohl wußte. Sie waren alle einmal auf der Hochzeit eines früheren Mieters zu Gast gewesen, aber damals waren sie im Dienstbotentrakt des Landhauses untergebracht, und, obwohl man nicht von ihnen erwartete, daß sie arbeiteten, als Diener erkennbar.

Aber an einem sonnigen Frühlingstag nach Brighton zu reisen und sich in den teuersten Poststationen an der Straße bedienen zu lassen, war ein zu starkes Gebräu für einen, der so jung wie Dave war. Rainbird konnte nur froh sein, daß der finstere Angus alles gleichgültig hinzunehmen schien und daß sich die weibliche Dienerschaft gut benahm.

Sobald der erste Blick auf das Meer möglich war, befahl Rainbird dem Kutscher anzuhalten. Die Damen kletterten aus der Kutsche.

Lizzie stand mit gefalteten Händen da, die Augen auf die große, glitzernd blaue Meeresfläche gerichtet, und sie war so erfreut und bewegt, daß sie vor Glück ein bißchen zu weinen begann, und Harriet fühlte ebenfalls, wie ihr die Tränen in die Augen stiegen.

Es ist so wundervoll, dachte Harriet, eine Weile mit diesen seltsam kameradschaftlichen Dienern zu entfliehen, die Sorge um Sarah und Annabelle der fähigen Miss Spencer zu überlassen und den verwirrenden und verzaubernden Marquis of Huntingdon wenigstens einen Tag lang zu vergessen.

Als sie in Brighton ankamen, schob Harriet das Fenster hoch und bat Rainbird, in einem geeigneten Gasthaus einen privaten Salon zu reservieren, wo sie sich alle zum Dinner um vier Uhr treffen wollten. Harriet zog die frühe ländliche Dinnerstunde vor und fand es schwierig, sich an die neue Londoner Mode zu gewöhnen, wo man sich erst um sieben Uhr zum Dinner niederließ.

Rainbird entschloß sich für ›The Ship‹. Er kümmerte sich um die Unterbringung der Kutsche und der Pferde, und dann standen sie alle um Harriet herum.

»Mr. Rainbird will jemanden besuchen, aber was möchten die anderen machen?« fragte Harriet.

Es folgte ein kurzes verlegenes Schweigen, während die Diener den Butler anstarrten; Rainbird schaute weg.

Vor lauter Aufregung über den Ausflug hatten sie Felice ganz vergessen, diese heimtückische Ausländerin, die das Herz des armen Rainbird gestohlen hatte. Mrs. Middleton senkte den Kopf, um den verletzten Ausdruck in ihren Augen zu verbergen. Sie hegte die heimliche Hoffnung, daß Rainbird sie eines Tages, sollten sie je frei von den Fesseln des Dienens sein, heiraten würde – denn Diener durften nicht heiraten.

»Ich habe von einem Laden gehört, in dem sie alle möglichen wunderbaren Sachen aus Muscheln verkaufen«, sagte Angus MacGregor in die Stille hinein.

»Lizzie geht mit mir«, sagte Joseph, und es war für alle deutlich zu erkennen, daß der Lakai für seine großzügige Herablassung die entsprechende Anerkennung erwartete. Lizzie sah aber gar nicht glücklich aus.

Alice und Jenny brannten darauf, an der See entlang zu promenieren und nach Verehrern Ausschau zu halten. Dave wollte am Strand spielen. Mrs. Middleton sagte leise, sie wolle Miss Metcalf begleiten.

»Ich glaube, ich würde gerne mit Mr. MacGregor gehen und die Muscheln anschauen«, sagte Lizzie mit piepsender Stimme.

»Ja, klar, du bist herzlich eingeladen«, sagte der Koch und warf Joseph einen boshaften Blick zu.

Joseph machte auf dem Absatz kehrt und stürzte ohne ein weiteres Wort davon.

Sie kamen überein, sich um vier Uhr in dem Gasthaus wieder zu treffen. Harriet ging mit Mrs. Middleton; Beauty zog begeistert an der Leine.

Rainbird machte sich allein auf den Weg. Als er in die Lanceton Street einbog, in der Felice lebte, klopfte sein Herz laut. Wenn er nur Zeit gehabt hätte, ihr zu schreiben.

Felice Laurent wohnte bei einer Witwe, einer Mrs. Peters, in

Nummer 11. Es war ein kleines Haus, das genauso aussah wie die anderen Häuser, die die Straße säumten. Er blieb mit der Hand auf dem niedrigen Gartentor stehen.

Ein Fliederbusch neben dem schmalen Gartenweg stand in voller Blüte, sein süßer Geruch vermischte sich mit dem Salzgeruch der See.

Er stand nur kurze Zeit da, aber für ihn war es wie eine Ewigkeit. Dann nahm er all seinen Mut zusammen und ging zum Haus, um den Türklopfer zu betätigen.

Es blieb lange still, dann hörte er jemanden auf die Tür zukommen.

Sie öffnete sich. Er erkannte Mrs. Peters wieder, die dastand und ihn, geblendet vom Sonnenlicht, anblinzelte. Sie war genauso, wie er sie in Erinnerung hatte, kräftig und von mittlerem Alter.

»Felice«, sagte Rainbird. »Ich bin gekommen, um Felice zu besuchen.«

»Sie wohnt nicht mehr hier«, sagte Mrs. Peters. »Sie ist mit einem Mr. Malin verheiratet und wohnt auf der anderen Seite in der Bishop Row.«

Rainbird stand ganz still. Er sah die abblätternde Farbe auf der Haustür, da, wo sie von der Sonne ausgetrocknet war; er sah eine Raupe auf einem Rosenblatt im Blumenbeet neben der halboffenen Tür; er fühlte den Hauch des warmen Windes auf seiner Wange. »Vielen Dank«, sagte er.

»In der Bishop Row 5. Nummer 5«, rief ihm Mrs. Peters noch nach.

Rainbird ging weg, so schnell er konnte.

Wo in Brighton, so fragte er sich, kann ein Butler mit gebrochenem Herzen hingehen, um sich ungestört auszuweinen?

Weit weg, im ›Star and Garter‹ in Richmond, benahmen sich unterdessen zwei Gentlemen äußerst höflich und charmant. Keiner von ihnen ließ auch nur durch ein Wimpernzucken seine Überraschung und Bestürzung darüber, daß Harriet Metcalf nicht dabei war, erkennen. Miss Spencer sollte diesen Tag noch lange in Erinnerung behalten. Sie wußte damals noch nicht, was nicht stimmte. Jedermann benahm sich absolut vollendet. Die Hayner-Mädchen waren dämliche junge Dinger, aber schließlich waren alle anderen Debütantinnen, die Miss Spencer kennengelernt hatte, genauso. Die Herren waren unterhaltsam und reizend. Aber irgendwo unter dieser Oberfläche brodelte es. Miss Spencer hatte das merkwürdige Gefühl, daß der Marquis of Huntingdon hinter seinen lächelnden Augen und den liebenswürdigen Manieren vor Wut kochte, aber sie führte ihr Unbehagen auf ihr Milzleiden zurück. Sarah und Annabelle konnten sich einer großen Mitgift rühmen, und die Männer der ersten Kreise achteten gewöhnlich nur auf Herkunft und Geld bei den Damen, die sie zu ihren Gattinnen erwählten. Deshalb war Miss Spencer auch nicht erstaunt, daß weder die Augen des Marquis noch die Lord Veres vor Verliebtheit leuchteten.

Nach ihrer Meinung hatten Sarah und Annabelle die Tatsache, daß die »liebe Harriet« mit einem Pack Diener einen Ausflug machte, allzusehr ins Lächerliche gezogen; den ganzen Tag ritten sie auf diesem »Scherz« herum. Aber vielleicht war sie, Josephine Spencer, auch zu anspruchsvoll, denn die Herren lachten über sämtliche Geistesblitze der Mädchen herzlich und schienen alles in Ordnung zu finden.

Miss Spencer war beeindruckt von Lord Huntingdon und fand es bedauerlich, daß die arme Harriet nicht genug Mitgift hatte, um solch einen wunderbaren Mann für sich zu gewinnen. Daß manche Männer sich schlicht und einfach verlieben, kam Miss Spencer nicht in den Sinn, zynisch wie sie war. Da sich der Krieg gegen Napoleon immer länger hinzog, hatten die Preise ein bis dahin nie gekanntes Niveau erreicht, und jedermann, gleich welche Ideale er sonst auch haben mochte, war sich des Geldwerts bewußt geworden.

Es war ein goldener Tag, das Essen war köstlich, und es blieb Mrs. Spencer verborgen, daß zwei Gentlemen, jeder auf seine Art, dachten, es wäre ein idealer Tag für eine romantische Liebelei. Das einzige, was fehlte, war die Dame.

Lord Vere beschloß, Harriet so bald wie möglich um ihre Hand zu bitten. Er hatte das Gefühl, er habe ein Leben lang nur auf sie gewartet. Der Marquis fragte sich, ob Miss Metcalf so gerissen war, daß sie absichtlich weggeblieben war, um ihn leiden zu lassen; denn zu seiner Überraschung litt er wirklich. Er lächelte Sarah an und träumte dabei davon, Harriet gleichzeitig den Hals umzudrehen und sie zu küssen.

Die Diener von der Clarges Street Nummer 67 waren nie zuvor von ihrem Butler so hingerissen gewesen. Nie zuvor, da waren sie sich einig, war Mr. Rainbird so unterhaltend gewesen. Er jonglierte mit Orangen, zauberte aus Daves Ohren hartgekochte Eier hervor und beschenkte Miss Metcalf mit einem Rosenstrauß, den er aus seinen Rockschößen hervorzauberte. Er schlug Räder und machte einen Handstand, und das alles in dem kleinen Salon. Harriet lachte und klatschte Beifall, erstaunt über das Talent des Butlers; sie wußte ja nicht, daß Rainbird einen Teil seiner Jugend als Akrobat auf Jahrmärkten verbrachte hatte. Und sie war nur zu glücklich, daß die artistischen Künste dieses merkwürdigen Butlers die etwas gedrückte Stimmung, die zunächst geherrscht hatte, als sich die Diener zum Essen versammelten, weggezaubert hatten.

Dave war voller blauer Flecken und blutend angekommen. In dem Hochgefühl, für einen Tag ein Gentleman zu sein, war er auf drei Pagen des Seepavillons zu stolziert und hatte versucht, sie von oben herab zu behandeln. Die Pagen hatten den frühreifen kleinen Cockney erstaunt gemustert und sich darangemacht, ihm nachdrücklich zu zeigen, daß mit den Pagen des Seepavillons des Prince of Wales nicht gut Kirschen essen ist.

Joseph hatte einen einsamen Spaziergang gemacht und die ganze Zeit unter der Zurückweisung durch Lizzie gelitten. Es machte ihm einfach keinen Spaß, wenn Lizzie nicht neben ihm herging und jedes seiner Worte begierig einsog.

Jenny und Alice hatten ein nettes Stündchen mit zwei Verehrern verbracht, aber es hatte ihnen eigentlich nur wieder einmal klargemacht, daß sie Dienerinnen waren und nicht die Freiheit hatten, Liebhaber zu haben oder zu heiraten. Unzufriedenheit hatte sich ausgebreitet, und sogar die sonst so gelassene und heitere Alice war davon betroffen.

Mrs. Middleton und Harriet waren ebenfalls ein bißchen aufgewühlt. Beauty hatte sich zunächst so benommen, wie es seinem Namen entsprach, bis er auf einen stolzen, mit Schleifen geschmückten Pudel traf und versuchte, ihn zu demütigen. Der Pudel gehörte einer gewissen Lady Parsons, die prompt einen Anfall bekam. Der Vorfall hatte eine Menschenmenge angezogen, und Harriet hatte den feigen Weg eingeschlagen, indem sie Beauty am Halsband packte und ihn wegzog. Dabei tröstete sie sich mit dem Gedanken, daß Lady Parsons ein großes Gefolge von Dienern bei sich hatte, die sich um sie kümmern konnten.

Nur der Koch und das Küchenmädchen hatten einen ungetrübten Nachmittag verbracht.

Da begann Rainbird seine Kunststücke vorzuführen. Harriet lächelte, als die kleine Gruppe von Dienern sich wieder einander näherte, vereint durch die gemeinsame Heiterkeit und den gemeinsamen Stolz auf die Kunstfertigkeit ihres Butlers. Joseph wurde weggeschickt, um seine Mandoline aus der Kutsche zu holen, und er unterhielt sie gegen Ende des Dinners mit gefühlvollen Balladen. Die Heimfahrt war entspannt und fröhlich. Es war eine müde, aber glückliche kleine Gesellschaft, die schließlich in der Clarges Street Nummer 67 aus der Kutsche kletterte.

Sarah und Annabelle hatten sich schon zurückgezogen. Harriet wollte gerade nach oben gehen, um nachzusehen, ob sie noch wach waren, und sich zu erkundigen, wie es ihnen in Richmond ergangen war, als sie auf dem Tablett in der Eingangshalle zwei Briefe, die an sie gerichtet waren, entdeckte. Sie bat Rainbird, ihr Tee zu bringen, und zog sich in den hinteren Salon, der gemütlicher als der vordere war, zurück, um die Briefe zu öffnen. Ihr Herz klopfte heftig, als sie den Inhalt las.

Lord Vere schrieb, daß er sie am nächsten Morgen um elf Uhr aufsuchen wolle, um sie um ihre Erlaubnis zu bitten, sich zu erklären.

Der andere Brief stammte vom Marquis of Huntingdon. Er wollte am nächsten Tag um zwei Uhr nachmittags kommen, um eine ernste Angelegenheit, die seine Zukunft betraf, zu erörtern. Er fügte beiläufig hinzu, daß es in seinem hohen Alter allmählich Zeit werde, einen eigenen Hausstand zu gründen. Harriet spürte, wie ein Triumphgefühl ihre Wangen rötete. Sarah und Annabelle würden sich mit zwei sehr respektvollen Männern verloben, bevor die Saison richtig begonnen hatte.

Sie lief die Treppe hinauf, klopfte an Sarahs Tür und ging hinein. Die beiden Mädchen saßen vor dem Kamin. Harriet zeigte ihnen beide Briefe und umarmte sie herzlich. Dann wandte sie sich an Sarah.

»Bist du sicher, liebe Sarah«, fragte sie, »daß du dich richtig entscheidest, wenn du einen Mann wie den Marquis of Huntingdon heiratest? Du bist so furchtbar jung und sein Ruf –«

»Pah!« lachte Sarah. »Den Hauptgewinn auf dem Heiratsmarkt soll ich abweisen? Mach dich nicht lächerlich, Harriet.«

»Nun... wenn du meinst«, sagte Harriet. »Annabelle, ich werde dich als erste wecken. Warte auf deinem Zimmer, bis ich Lord Vere meine Erlaubnis gegeben habe, dann werde ich dich holen lassen.«

Sarah und Annabelle schlangen ihre Arme um sie, nannten sie ein kluges Kätzchen und sagten, sie seien nicht überrascht, weil sich die beiden Herren in Richmond schon so gut wie erklärt hätten. Keiner von beiden hatte irgend etwas in dieser Richtung unternommen, aber die Zwillinge waren von einer solch anmaßenden Eitelkeit, daß sie Komplimente und Heiratsanträge hörten, die gar nicht geäußert wurden.

Harriet ging wieder hinunter, wo sie Rainbird antraf, der gerade das Teetablett auf den Tisch stellte. »Es gibt wunderbare Neuigkeiten«, rief Harriet aus. »Lord Vere kommt morgen vormittag, um mich um die Erlaubnis zu bitten, sich Annabelle zu erklären, und am Nachmittag besucht uns Lord Huntingdon mit der Absicht, um Sarahs Hand anzuhalten.«

»Meine Glückwünsche«, sagte Rainbird leise. »Im Namen der Diener, Madam, möchte ich Ihnen für den wundervollen Tag in Brighton danken.«

»Es hat mir auch Spaß gemacht«, erwiderte Harriet geistesabwesend, während sie schon eifrig Pläne schmiedete. »Haben Sie Ihre Freundin getroffen, Rainbird?«

»Nein, Miss Metcalf. Sie hat offenbar geheiratet und ist weggezogen. Darf ich Ihnen eine Tasse Tee eingießen?«

»Ja, Rainbird. Bitten Sie MacGregor, seine kleinen Gewürzkekse zu backen. Lord Vere mag sie furchtbar gern.«

Rainbird beugte sich über das Tablett und goß den Tee ein. Ein Tropfen fiel auf Harriets Hand. Sie schaute rasch auf. Die Kerze auf dem Kaminsims beleuchtete nur den Tisch und ließ das Gesicht des Butlers im Dunkeln.

»Weinen Sie etwa, Rainbird?« fragte Harriet.

Der Butler drehte sich um, mit steifem Rückgrat ging er auf die Tür zu.

»War das alles für heute, Madam?«

»Ja, Rainbird«, sagte Harriet traurig. »Das war alles.« Der arme Rainbird, dachte sie. Er weint wirklich.

Tiefe Niedergeschlagenheit befiel sie, und sie war sich nicht bewußt, daß es sie schmerzte, daß der Marquis of Huntingdon Sarah heiraten wollte; sie schob ihre ganze Trauer auf das Mitgefühl für ihren Butler.

8

Vielleicht hätten die Ereignisse dieses Tages den endgültigen Ruin von Miss Harriet Metcalfs Ruf bewirkt, wenn es da nicht eine kleine Geste der Freundlichkeit von ihrer Seite gegeben hätte.

Trotz der Aufregungen, die ihr bevorstanden, ließ Harriet nämlich Lizzie holen und begann mit den Unterrichtsstunden des Mädchens. Sie konnte zu ihrer Erleichterung feststellen, daß das Küchenmädchen nicht ganz und gar unwissend war. Sie erwies sich als talentierte Schülerin, und Harriet hegte die Hoffnung, daß Lizzie in nicht allzu ferner Zeit ohne Anstrengung lesen werde. Der Ausflug am Vortag hatte Lizzies bleiche Wangen rosig gefärbt, und die Aufregung darüber, daß sie im Mittelpunkt der Aufmerksamkeit ihrer gütigen Herrin stand, brachte ihre Augen zum Leuchten.

Harriet war auch von der offensichtlichen Ergebenheit, die ihr häßliches Haustier der kleinen Dienstmagd entgegenbrachte, gerührt. Beauty legte seinen Kopf über die Blechschnallen auf Lizzies Schuhen und blickte anbetend mit seinen kleinen Augen zu ihr hinauf.

Eine Etage höher waren die Zwillinge bereits aufgestanden und jagten Emily hierhin und dorthin, um Schleifen und Spitzen zu holen.

»Ich dachte, ich sollte über Miss Metcalf Klatsch verbreiten«, sagte Emily, als sie die Brennschere an der Spirituslampe erhitzte.

»Jetzt doch nicht, Emily«, antwortete Sarah. »Unsere Landpomeranze hat erstaunlich viel für uns getan. Ich habe sie noch nie so ins Herz geschlossen. Willst du uns wirklich erzählen, daß sie mit diesen Dienern in Brighton herumgelaufen ist?«

»Sie haben unten den ganzen Abend über nichts anderes geredet«, sagte Emily und nahm die Brennschere und eine Strähne von Sarahs Haar in die Hand. »Es scheint so, als hätte sie sich mit ihnen unterhalten, als ob sie ihresgleichen wären, und sie alle zum Dinner ins ›Ship‹ eingeladen.«

»Das geht mehr als zu weit«, meinte Annabelle. »Hast du das gehört, Sarah? Unser Geld wird diesen Stadtdienern, die wahrscheinlich schon ein Vermögen auf die Seite geschafft haben, in den Rachen geworfen.«

Sarah zuckte mit den Achseln. »Da sie mir Huntingdon verschafft hat, kann sie sich in den unteren Räumlichkeiten so vergnügen, wie es ihr gefällt, was mich betrifft.«

»Hast du das gehört, Emily?« kreischte Annabelle. »Wie sich meine Schwester geändert hat! Eine bevorstehende Heirat besänftigt die wilde Brust auf wunderbare Weise.«

»Und nun singen sie alle in höchsten Tönen ihr Lob«, gab Emily zu bedenken. »Es ist jetzt schwierig geworden, sie gegen sie aufzuhetzen.«

»Die Meinung von Dienern ist immer zu beeinflussen«, sagte Sarah. »Sie haben in Wirklichkeit keine eigene Meinung. Aber im Moment lieben wir unsere Harriet abgöttisch. Zieh mich nicht an den Haaren, Emily. Was ist in dich gefahren?«

Harriet hatte ihr bestes Tageskleid angezogen, um Lord Vere zu empfangen. Es war aus graublauem Musselin mit einem eingesetzten Mieder und feiner Stickerei am Saum. Darüber trug sie einen Batistmantel mit langen Ärmeln. Um ihren Status als Anstandsdame zu unterstreichen, hatte sie sich ein luftiges Musselinhäubchen aufs Haar gedrückt. Sie fand, daß es sie auf nette Art älter machte, und war sich nicht bewußt, daß das Häubchen ausgesprochen reizend wirkte, da der fast durchsichtige, gestärkte Stoff auf ihrem blonden Haar ganz bezaubernd aussah.

Obgleich die Sonne schien, war die Wärme noch nicht recht in das

Gebäude gedrungen, und deshalb hatte sie Joseph angewiesen, den Kamin mit wohlriechenden Scheiten zu heizen. Alice wurde auf den Markt geschickt, um Narzissen und Tulpen zu kaufen, mit denen sie die Vasen im vorderen Salon füllte.

Lord Vere erschien pünktlich. Harriet stand auf, um ihn mit wohlwollender Miene zu begrüßen. Ausnahmsweise hatte er einmal auf seinen Kleidungsstil à la Lord Byron verzichtet und trug einen blauen Schwalbenschwanz mit einem Halstuch von riesigen Ausmaßen.

Er sprach ungeduldig über das Wetter und darüber, wie unglücklich er gewesen sei, daß sie sich nicht der Gesellschaft nach Richmond angeschlossen hatte.

Er war so nervös, daß er Harriet leid tat, und so warf sie ihm einen verständnisvollen Blick zu und sagte lächelnd: »Ich bin überzeugt davon, daß wir uns viel entspannter unterhalten können, wenn Sie sich von Ihrer Bürde befreit haben.«

In Lord Veres Augen blitzte ein Hoffnungsschimmer auf. Zu Harriets Überraschung warf er sich vor ihr auf die Knie.

»Die Liebe hat mir den Mut geraubt«, sagte er. »Sie bedeuten für mich die ganze Welt, Miss Metcalf. Bitte gewähren Sie mir die große Ehre, Sie mein nennen zu dürfen.«

Harriet saß ganz still da, schaute auf ihn herab, und ihre blauen Augen waren groß vor Entsetzen.

Endlich räusperte sie sich unsicher und sagte: »Lord Vere, ich habe wohl nicht richtig gehört. Ich habe Ihren Brief so verstanden, daß Sie mich um die Erlaubnis bitten wollten, Annabelle den Hof zu machen.«

»Annabelle!« rief Lord Vere aus und umklammerte Harriets kleine Hände mit schmerzlichem Griff. »Wie konnten Sie so etwas denken? Sie sind es, die ich liebe. Ich liebe Sie bis zum Wahnsinn.«

Harriet zog unglücklich ihre Hände aus der Umklammerung. Sie stand auf, und Lord Vere richtete sich ebenfalls unsicher auf.

»Lord Vere«, sagte Harriet, und es war ihr ganz elend dabei zumute, »wenn ich unbewußt irgend etwas getan habe, irgend etwas gesagt habe, das Sie in dem Glauben bestärkt hat, daß meine Zuneigung Ihnen gehört, dann tut es mir aufrichtig leid. Ich bin in London einzig und allein in meiner Eigenschaft als Anstandsdame der Misses

Hayner. Ich habe keine Mitgift, und deshalb war es mir auch nicht möglich zu glauben, daß ein Gentleman mir einen Heiratsantrag machen könnte.«

»Aber es spielt gar keine Rolle, daß Sie keine Mitgift haben«, rief Lord Vere aus. »Miss Metcalf... süße Harriet... bitte nehmen Sie meinen Antrag an.«

»Ich kann nicht«, sagte Harriet und schaute ihm traurig ins Gesicht. Dabei dachte sie, wie jung er aussah, obwohl sie wußte, daß er älter als sie war. »Ich habe niemals daran gedacht, mich zu verheiraten.«

»Dann darf ich hoffen? Wenn die Saison vorbei ist...?«

»Nein, Mylord«, sagte Harriet bestimmt, auch wenn sie einen Klumpen in der Kehle aufsteigen spürte. »Ich fürchte, da gibt es keine Hoffnung.«

Er ergriff ihre Hände noch einmal und küßte sie leidenschaftlich. Dann drehte er sich um und rannte aus dem Zimmer.

Sarah und Annabelle, die an der Tür gelauscht hatten, konnten gerade noch rechtzeitig zurückprallen. So groß war sein Kummer, daß er sie nicht einmal sah. Die Zwillinge liefen die Treppe zu Annabelles Zimmer hinauf.

»Da haben wir's!« rief Sarah und warf die Tür ins Schloß. »Hast du je...«

Zwei hellrote Flecken brannten auf Annabelles Wangen. »Dieses verlogene, intrigante Frauenzimmer«, zischte sie.

»Warum in aller Welt hat sie ihn abgewiesen?« fragte Sarah.

»Weil sie hinter deinem Marquis her ist, darum.«

Aber Sarahs Selbstgefälligkeit war nicht zu erschüttern. »Du hast dir nur eingebildet, daß Lord Vere hinter dir her ist, Annabelle. Aber ich weiß sicher, daß Lord Huntingdon mich zu seiner Frau machen möchte.«

»Ach, wirklich?« fragte Annabelle, die so wütend und erbost war, daß sie geradezu lebhaft wurde. »Warte nur, bis es zwei Uhr ist!«

»Pscht!« machte Sarah. »Da kommt sie.«

Annabelle nahm ein Buch zur Hand und Sarah eine Handarbeit. Als Harriet zögernd das Zimmer betrat, sahen die Mädchen nett, ruhig und unschuldig aus.

»Es tut mir so leid, Annabelle«, sagte Harriet unglücklich. »Er will nicht um deine Hand anhalten.«

»Warum hat er dann so einen Brief geschrieben?« fragte Annabelle, die Augen fest auf das Buch geheftet.

»Er... Lord Vere hatte die irrige Vorstellung, daß ausgerechnet ich seinen Antrag annehmen würde. Ich habe ihn natürlich abgewiesen. Oh, meine lieben Mädchen«, sagte Harriet, und ihre Augen füllten sich mit Tränen, »nach all den Hoffnungen, die ich mir für euch gemacht habe!«

»Es gibt ja immerhin noch Huntingdon«, bemerkte Sarah mit einem boshaften Blick auf ihre Schwester.

»Das ist richtig«, sagte Harriet, und ihre Miene hellte sich auf. Sie verdunkelte sich aber gleich wieder. »Aber Lord Vere war so passend für Annabelle.«

Annabelle nahm sich zusammen und sah Harriet an. »Mach dir keine Sorgen, liebe Harriet«, sagte sie. »Die Saison hat noch nicht einmal richtig begonnen, und ich hätte Lord Veres Antrag nur wegen seines Titels angenommen. Meine Gefühle waren nicht ernsthaft beteiligt.«

»Ach, du bist ja das beste Mädchen«, rief Harriet aus und umarmte sie. »Du kannst dir nicht vorstellen, wieviel besser ich mich jetzt fühle. Sarah, ich werde Rainbird auf der Stelle schicken, wenn Lord Huntingdon mich um meine Zustimmung gebeten hat.«

»Wie überaus reizend«, schluchzte Annabelle, sobald sich die Tür hinter Harriet geschlossen hatte. »Ich wollte auf keinen Fall, daß sie merkte, wie sehr meine Gefühle verletzt sind. Ich könnte sie erwürgen!«

»Beruhige dich, Schwesterchen, überleg einmal, was ich dir für Verehrer bieten kann, wenn ich die Marquise of Huntingdon bin.«

Lord Huntingdon hatte sich nach dem schrecklichen Ausflug nach Richmond zu der Entscheidung durchgerungen, Harriet Metcalf zu heiraten. Er und Lord Vere hatten nicht darüber gesprochen, welchen Grund Miss Metcalf wohl gehabt haben könnte, nicht mit nach Richmond zu fahren. Der Marquis hatte sich so schnell wie möglich von Lord Vere verabschiedet. Er wollte allein sein, um die Angelegenheit in aller Ruhe zu überdenken.

Harriet hatte sein Herz erobert. Er hatte auf der Fahrt an nichts und niemand anderen gedacht, während er sich das abgedroschene Geschnattere der Hayner-Mädchen anhörte. Sein Gesicht war schon ganz steif vom Lächeln gewesen. Er war überzeugt davon, daß er Gilberts Gefühle nicht verletzte, wenn er um Harriets Hand anhielt. Lord Vere hatte vollkommen glücklich in der Gesellschaft der Zwillinge gewirkt und sich nicht einmal nach Harriet erkundigt.

Daß Harriet seinen Antrag ablehnen könnte, kam dem Marquis keinen Augenblick in den Sinn. Er kannte seinen Wert. Er war reich, von bester Herkunft, er war weder ein Krüppel noch schielte er. Keine Frau, die bei klarem Verstand war, würde ihn ablehnen, noch dazu, wenn sie arm war.

Als er die Clarges Street entlangging, merkte er nicht, daß die Sonne hinter den Wolken verschwunden war, und er fühlte den kalten Hauch des aufkommenden Windes nicht im Gesicht. Er war in Träume versunken, in denen Harriet Metcalf zuerst völlig verschüchtert und dann überaus dankbar war.

Harriets Erlebnis mit Lord Vere hatte sie doch recht betrübt, und sie trat dem Marquis ernst entgegen, um ihn zu begrüßen, als er hereingeführt wurde.

Er lehnte es ab, etwas zu trinken, da er gleich mit dem Antrag der ihm auf der Seele brannte, herauswollte. Sie sah so reizend aus. Ihre Lippen waren weich und rosig. Er fragte sich, wie alt sie wohl war. Sie hatte ihm erzählt, daß ihre Eltern vor geraumer Zeit gestorben waren. Sie mußte Mitte Zwanzig sein, und doch sah sie frisch und jung und jungfräulich aus.

Harriet sah keinerlei Notwendigkeit, ihn zu ermutigen, seine Bitte, um Sarahs Hand anhalten zu dürfen, schnell hinter sich zu bringen. Denn im Gegensatz zu Lord Vere wirkte er nicht im geringsten aufgeregt. Sie konnte sich nicht helfen, sie fand, daß er noch besser als sonst aussah. Seine Halsbinde war schneeweiß und perfekt gewickelt, seine Stiefel glänzten wie schwarzes Glas. Sein kastanienfarbenes Haar schimmerte wie mit Goldfäden durchzogen. Es war sehr dicht und naturgewellt.

Plötzlich lächelte er Harriet an – ein warmes, zärtliches, verführerisches Lächeln. Sie fühlte Röte in ihren Wangen aufsteigen und wünschte, er würde nicht ganz so gut aussehen.

»Nun, Miss Metcalf«, sagte er, nachdem das Thema Wetter beim besten Willen nichts mehr hergab, »Sie wissen, warum ich gekommen bin.«

»Ja, Mylord«, erwiderte Harriet ruhig. Er schaute sie ein bißchen überrascht an. Er hätte es passender gefunden, wenn Harriet etwas verwirrt und aufgeregt gewirkt hätte. Aber die großen blauen Augen, die den seinen mit solch entwaffnender Offenheit begegneten, verrieten keinerlei Nervosität oder Verlegenheit.

»Und sind Sie einverstanden?«

»Ich kann kaum für jemand anderen zusagen.« Harriet lächelte. »Doch Sie haben meine Erlaubnis, und Sie werden feststellen, daß Sarah es kaum erwarten kann, Sie zu sehen.« Harriet erhob sich.

»Wohin gehen Sie?« fragte er in barschem Ton.

»Nun, ich will Miss Sarah holen.«

»Brauchen Sie die Zustimmung dieses jungen Dings? Sie tragen die Verantwortung, nicht Sarah.«

»Aber ich bin doch keine Tyrannin. Ich schreibe meinen Schützlingen nicht vor, wen sie heiraten sollen!«

»Setzen Sie sich«, herrschte der Marquis sie an.

Harriet setzte sich wieder, in ihren blauen Augen stand Erstaunen.

»Wir scheinen aneinander vorbeizureden. Ich werde mich deutlicher ausdrücken: Ich will *Sie* heiraten, Miss Metcalf.«

»Oh, nein!« schrie Harriet. »Sie nicht auch!«

»Würden Sie mir das bitte erklären?«

»Ich dachte, Lord Vere sei gekommen, um Annabelle einen Heiratsantrag zu machen, aber er machte statt dessen mir einen. Und jetzt Sie! Ich dachte, Sie wollten Sarah heiraten.«

»Warum sollte ich so ein Schulmädchen heiraten?«

»Sie hat eine Mitgift«, jammerte Harriet.

»Sie scheinen nichts anderes als Geld im Kopf zu haben. Ich will Sarah Hayner nicht heiraten. Ich will *Sie* heiraten.«

»Ich will Sie *nicht* heiraten«, sagte Harriet, die der Teufel ritt.

»Warum nicht?«

»Ich liebe Sie nicht. Sie... Sie machen mir angst.«

»Ich dachte, Liebe käme in Ihren Berechnungen nicht vor, Sie denken doch sonst so praktisch. Ich bin reich –«

»Ich will kein Geld.«

»Ich bin ein Marquis.«

»Ich will keinen Titel.«

»Was um Himmels willen wollen Sie dann?«

»Ich habe überhaupt nicht daran gedacht, zu heiraten«, sagte Harriet. »Oh, aber ich würde schon einen Mann wollen, der mich liebt und verwöhnt und der mir treu ist.«

Das wäre das Stichwort des Marquis gewesen, bei dem er sich auf die Knie stürzen und unsterbliche Liebe und Ergebenheit hätte schwören müssen, aber sein Hochmut ließ ihn da stehen, wo er stand; sein Hochmut ließ ihn mit tonloser Stimme sagen: »Dann verlangen Sie Unmögliches. Ich hatte das alles einmal zu geben und gab es dieser herzlosen Dirne, die ich zu meiner ersten Braut machte.«

»Ich wußte nicht, daß Sie schon einmal verheiratet waren«, flüsterte Harriet.

»Ich bin zweiunddreißig.«

»Aber wo Sie doch einen solchen Ruf als Frauenverführer –« begann Harriet.

»Genug«, sagte er. »Ich hatte Ihr freches Mundwerk vergessen. Ich muß von Sinnen gewesen sein, als ich erwog, meinen Namen mit einem ordinären Mädchen vom Land, wie Sie es sind, zu verbinden.«

»O ja«, stimmte ihm Harriet von ganzem Herzen zu. »Und jetzt, wo Sie wissen, daß ich Ihrer nicht wert bin, können wir ja wieder im guten miteinander auskommen.«

»Im guten!« Er griff sich in die Locken und riß energisch daran. »Madam, tun Sie so, als ob wir einander nie begegnet wären.«

Und noch einmal erlebte Nummer 67 den überstürzten Aufbruch eines abgewiesenen Lords. Wieder rannten Annabelle und Sarah Hals über Kopf die Treppe hinauf, um ihre Wunden zu lecken und die vor Zorn brennenden Wangen zu verbergen.

»Da siehst du es!« rief Annabelle aus. »Da siehst du es!«

»Ich sehe es«, sagte Sarah. »Oh, da kommt sie schon. Sag ihr, ich hätte mich mit Kopfschmerzen hingelegt und würde später mit ihr reden.«

Sarah lauschte in düsterer Stimmung an der Schlafzimmertür.

»Und er hat ihr tatsächlich einen Heiratsantrag gemacht?« fragte sie, als Harriet hinuntergegangen war.

Annabelle nickte.

»Sie hat es wieder gemacht«, sagte Sarah. »Jeden, der uns mag, schnappt sie uns rücksichtslos vor der Nase weg, und dann steht sie da, die Augen voller Tränen, mit einem Blick, als ob sie kein Wässerlein trüben könnte, und sagt, sie hat nichts damit zu tun. So geht es doch immer, oder?«

»Sie war furchtbar bekümmert – oder wirkte jedenfalls so«, sagte Annabelle. »Aber sie hat auch seinen Antrag nicht angenommen.«

Sarah klingelte nach der Kammerzofe, und als Emily erschien, sagte sie: »Bring uns Champagner.«

»Darf ich den Damen gratulieren?« fragte Emily.

»Nein, du darfst uns nicht gratulieren«, entgegnete Sarah. »Wir müssen uns stärken. Die liebe Harriet hat zwar Heiratsanträge von unseren Verehrern bekommen, aber sie haben um *ihre* Hand angehalten.«

»Ich habe es Ihnen ja gesagt, Madam«, erwiderte Emily hitzig. »Man kann ihr nicht trauen.«

»Tu, was ich dir befohlen habe«, sagte Sarah müde. Als Emily hinausgegangen war, murmelte Sarah: »Ich könnte Harriet umbringen.«

»Warum bringen wir Emily nicht dazu, jetzt doch irgendein schlimmes Gerücht über sie zu verbreiten?« fragte Annabelle. »Im Grunde brauchen wir nur die Wahrheit zu sagen. Sie hat es von Anfang an darauf angelegt, uns Papas Liebe zu rauben. Das hat sie!«

»Hat sie das wirklich?« fragte Sarah. »Weißt du, Schwesterchen, vielleicht ist Harriet deshalb so eine gefährliche Rivalin, weil sie nie beabsichtigt, etwas Schlechtes zu tun. Sie hat nichts anderes mit Huntingdon und Vere gemacht, als die ganze Zeit versucht, sie in unsere Arme zu treiben.«

»Aber du hast gesagt –«

»Ich habe gesagt, ich habe gesagt«, schrie Sarah. »Laß uns die Angelegenheit weiter bereden, wenn wir den Champagner getrunken haben.«

Als Emily an diesem Abend die Gesindestube verlassen hatte, saßen die anderen eine Weile verblüfft da und besprachen dann, was ihnen die Kammerzofe über Miss Metcalf erzählt hatte. »Emily war äußerst bekümmert, aber ich kann es nicht glauben«, meinte Mrs. Middleton. »Die reizende Miss Metcalf soll die Geliebte von Sir Benjamin Hayner gewesen sein und die Gelegenheit genutzt haben, das Vermögen der Mädchen auf die Seite zu schaffen?«

»Emily wirkte aber überzeugend«, sagte Rainbird düster.

»Sie hat alles nur mühsam und Stück für Stück herausgebracht, wir mußten ihr das meiste aus der Nase ziehen.«

»Die Blonden sind immer besonders hinterhältig«, sagte Joseph, der grundlos Miss Metcalf die Schuld an Lizzies abweisender Haltung gab.

»Ich finde, das ist sehr unhöflich von dir, Joseph«, sagte Alice, »wo du doch siehst, wie blond ich bin.«

»Ich hasse Emily«, platzte Lizzie so unvermittelt heraus, daß alle zusammenfuhren. »Ich habe sie von dem Augenblick an, als sie angekommen ist, gehaßt und ihr mißtraut. Sie ist diejenige, die falsch ist. Und wenn Miss Metcalf so gemein, selbstsüchtig und raffiniert ist, warum kümmert sie sich dann um die Gesundheit eines Küchenmädchens oder macht sich die Mühe, ihm das Lesen beizubringen?«

»Das ist richtig«, stimmte Rainbird zu, »und ich sage euch noch etwas. Mir scheint, Lord Vere und Lord Huntingdon wollten Miss Metcalf den Hof machen, nicht den Hayner-Mädchen, und was wichtiger ist, sie wurden abgewiesen. Nun... laß mich nachdenken, Joseph, und das kann ich nicht, wenn du dauernd auf deiner Mandoline herumklimperst... Was haltet ihr davon, daß die Fräulein eifersüchtig geworden sind und Emily beauftragt haben, zu ...? Oh, das ist Unsinn. So etwas würden sie nie tun.«

»Aber wir kennen sie, wir haben einen ganzen Tag mit ihr verbracht«, sagte Lizzie leidenschaftlich. »Wollen wir unserem eigenen Verstand, unseren Augen und Ohren trauen, oder wollen wir dieser Emily glauben?«

»Lizzie hat recht«, meinte Angus MacGregor. »Es könnte doch auch so sein – Miss Metcalf hat nichts Unrechtes getan, und die Hayner-Mädchen haben nichts Unrechtes getan; wahrscheinlich bildet sich Emily alles nur ein. Wir werden weiter nett zu ihr sein und uns nicht anmerken lassen, daß wir ihr nicht glauben.«

»Und Luke und den anderen im ›Running Footman‹ wird kein Wort davon erzählt«, sagte Rainbird streng. »Emily hatte wahrscheinlich nur so eine hysterische Anwandlung, die Frauen manchmal überkommt. Sie wird morgen wieder in Ordnung sein.«

Wenn Emilys Klatsch bei den Dienern mehr Gehör gefunden und sich unter den Leuten, die den Ton angaben, verbreitet hätte, hätten sich Sarah und Annabelle vielleicht mit Harriets Demütigung getröstet. Aber Harriet wurde immer beliebter, statt aus der Gesellschaft ausgestoßen zu werden, und die Zwillinge wurden immer eifersüchtiger und verabscheuten Harriet mehr denn je. Sie spielten ihre Rollen aber gut. Nach außen wirkten sie wie immer – sie kicherten und lachten und kokettierten auf den Bällen und Gesellschaften.

Sarahs Wut wurde durch zwei Dinge, die ihr zu Ohren kamen, noch gesteigert. Der Marquis of Huntingdon war auf seine Landgüter gefahren und ließ keinerlei Anzeichen erkennen, daß er nach London zurückkommen wollte. Und Lord Vere hatte seinen Freunden bei einer feuchtfröhlichen Abschiedsfeier angedeutet, daß sein Herz gebrochen sei und er wieder zur Armee gehen wolle.

Aber wenn Sarah nachts im Bett lag, fragte sie sich oft voller Kummer, warum Huntingdon Harriet vorgezogen hatte. Sie war doch viel eleganter gekleidet als Harriet und ganz bestimmt auch schöner.

Obwohl die Selbstgefälligkeit der Zwillinge, was ihr Aussehen betraf, unerschütterlich war, begannen sie sich allmählich unterlegen zu fühlen. Beide sehnten sich nach einer Umgebung, wo sie glänzen konnten, ohne daß Harriet Metcalf sie in den Schatten stellte.

9

Miss Spencer war für Harriet ein großer Trost. Sie war oft zur Stelle, um sie aufzuheitern und die Schuldgefühle zu verscheuchen, die Harriet hatte, weil die beiden Lords ihr und nicht ihren Schützlingen Heiratsanträge gemacht hatten.

Aber als der Marquis weder auf einem Ball noch auf einer Abendgesellschaft, noch in der Oper, ja nicht einmal beim Eröffnungstanz der Saison in den Ballsälen des Almack zugegen war, wurde Harriet allmählich immer bedrückter. Sie konnte den Grund dafür Josephine nicht anvertrauen, denn sie war sich selber nicht ganz sicher. Es war eben so, daß sie Lord Huntingdon nicht aus ihren Gedanken verbannen konnte. Sie sah auf einem Ball einen großen Mann mit kastanienbraunem Haar, und schon begann ihr Herz wie wild zu hämmern, doch dann drehte er sich um und zeigte ihr sein altes, mit Rötel gefärbtes Gesicht.

Miss Spencer, die darauf vertraute, daß mit Harriet alles in Ordnung war und sich ihre Schützlinge gut betrugen, zog sich für ein paar Tage aufs Land zurück und versprach dafür zu sorgen, daß Harriets Cottage gelüftet wurde.

Nach dem Eröffnungsball bei Almack sank Harriets Stimmung noch tiefer. Sie spürte einen stechenden Schmerz in den Schläfen, und als Annabelle und Sarah zwei Tage danach um ihre Begleitung bei einigen Besuchen baten, ließ sie sie allein gehen und schickte ihnen Joseph als Beschützer mit.

Es war ein windiger und kühler Tag. Als Harriet die Kerzen im hinteren Salon anzündete, wurde ihr bewußt, wie spät es war. Es ging schon auf sieben Uhr zu, und die Mädchen waren noch nicht zurück.

Dann hörte sie das Rumpeln von Kutschenrädern auf der Straße und lief in den vorderen Salon, um aus dem Fenster zu schauen. Der Seufzer der Erleichterung, als sie Annabelle und Sarah aussteigen sah, brach jäh ab – die Mädchen schauten nach oben und sahen sie am Fenster stehen, und der Ausdruck des Hasses, der auf ihren Gesichtern lag, bevor sie ihre übliche höfliche Maske aufsetzten, brachte Harriet den Tränen nahe.

Sie ging ihnen nicht entgegen und war erleichtert, als sie geradewegs nach oben liefen und nach Emily riefen.

Harriet setzte sich müde hin. Die Saison wurde immer katastrophaler. Sie machte Sir Benjamin in Gedanken bittere Vorwürfe. Wenn sie jetzt zurückblickte, mußte sie zugeben, daß er allzu liebevoll zu ihr gewesen war, verglichen mit der kühlen Art, mit der er seine eigenen Töchter behandelt hatte.

Joseph, der die Zwillinge begleitet hatte, kam herein und übergab ihr einen Brief. »Jemand muß ihn durch den Briefkastenschlitz geworfen haben«, sagte er. »Er lag auf dem Fußboden in der Halle, als ich hereinkam.«

»Danke, Joseph«, sagte Harriet. »Es ist ohne Zweifel eine verspätete Einladung.« Sie nahm den Brief mit in den hinteren Salon und setzte sich, um ihn zu lesen.

Zuerst mochte sie ihren Augen nicht trauen. Er war mit Bleistift in Blockbuchstaben geschrieben.

»Miss Metcalf«, las sie. »Wenn Sie nicht wollen, daß der Ruf der Damen Hayner ruiniert wird, schlage ich Ihnen vor, mich heute abend zu treffen. Ich werde Ihnen einen Beweis vorlegen, daß sie nicht die rechtmäßigen Töchter von Sir Benjamin sind. Wenn Sie nicht wollen, daß ich dieses Beweisstück an die große Glocke hänge, müssen Sie Ihren Schmuck mitbringen und nach St. Giles in die Carrier Street 10 kommen. Sagen Sie es niemandem. Ich beobachte Sie und werde erfahren, ob Sie wirklich schweigen.« Der Brief war ohne Unterschrift.

Harriet war außer sich vor Angst und Verzweiflung. Ihr einziger Gedanke war, daß sie zu der angegebenen Adresse mußte. Wenn sich der Brief als Lügengespinst herausstellte, konnte sie zurückkommen und ins Bett gehen. Wenn er wahr war, mußte sie die Mädchen um jeden Preis retten. Zum ersten Mal begann sich Harriet zu fragen, ob sie Sarah und Annabelle, ohne es zu wissen, vielleicht einen großen Schaden zugefügt hatte. Die Heiratsanträge, die ihr Huntingdon und Lord Vere gemacht hatten, nagten an ihrem Gewissen. Dann erinnerte sie sich, daß sie gehört hatte, Sir Benjamins Frau sei böse und unberechenbar gewesen. Auf einmal war es ihr klar, warum er ihre, Harriets Gesellschaft der seiner Töchter vorgezogen hatte. Wenn sie nicht seine leiblichen Töchter waren, er ihnen aber aus Anstand seinen Namen gegeben hatte, erklärte das alles. Harriet war plötzlich davon überzeugt, daß der Schreiber des anonymen Briefes – so furchtbar es auch war – die Wahrheit sagte. Sie klingelte.

Rainbird erschien. »Sagen Sie mir«, bat ihn Harriet und zwang sich, mit ruhiger, fester Stimme zu sprechen, »wo ist St. Giles? Ich glaube, ich habe davon gehört.«

»St. Giles ist ein übel beleumundetes Stadtviertel, das manche auch als ›Krähenhorst‹ verspotten. Es ist die Kloake von London, eine Lasterhöhle für Prostituierte und Gauner.«

Harriet holte tief Atem. »Aber wo liegt es? Oh, machen Sie nicht so ein ängstliches Gesicht. Ich gehe nicht hin. Schildern Sie mir, wie man zum Beispiel von hier aus zu Fuß hinkäme...«

»Es ist ganz einfach. Man geht die Oxford Street so lange hinauf, bis sie zur High Street wird, die High Street geht man weiter zur Broad Street, St. Giles ist ein Irrgarten von widerwärtigen Gassen links von der Broad Street.«

»Danke«, sagte Harriet schwach. »Das ist alles, Rainbird. Sie können heute abend frei nehmen.« Rainbird schaute sie neugierig an, aber der Raum war nur von ein paar Kerzen erhellt, er konnte ihren Gesichtsausdruck nicht erkennen.

Rainbird ging aus dem Zimmer und hinunter in die Gesindestube, wo er Mrs. Middleton sagte, er gehe mal eben in den ›Running Footman‹. Rainbird bog gerade um die Ecke der Clarges Street, als er Emily auf der anderen Straßenseite der Curzon Street Arm in Arm mit Luke sah. Sie lachten und bemerkten ihn nicht. Im Moment dachte er nicht weiter darüber nach.

Unterdessen bettelte Lizzie um die Erlaubnis, in die Kirche gehen zu dürfen. Mrs. Middleton war unschlüssig. Lizzie war römisch-katholisch und pflegte nach St. Patrick am Soho Square zu gehen. Der Haushälterin gefiel es nicht, daß das junge Mädchen ohne Begleitung in den Londoner Straßen umherlief, auch wenn Lizzie schon öfters gegangen war, ohne daß ihr etwas passiert war. Schließlich gab die Haushälterin nach, und Lizzie hüllte Kopf und Schultern in ein großes Tuch und rannte die Außentreppe hinauf. Sie lief die Oxford Street entlang, weil es die am besten beleuchtete Straße war, die nach Soho führte. Die städtischen Lampen waren mit neuen

Reflektoren ausgerüstet worden, um die flackernden Flammen zu vergrößern und so etwas mehr Helligkeit zu spenden. Bisher hatten sie nur schwach geglimmt.

Lizzie wollte gerade in die Charles Street, die von der Oxford Street zum Soho Square führte, einbiegen, als sie Miss Metcalf im Fenster einer vorbeifahrenden Mietdroschke erkannte. In ihrem Gesicht lag eine so furchtbare Angst, daß Lizzie, ohne recht nachzudenken, umkehrte und hinter der Droschke herzulaufen begann.

Als diese in die Broad Street fuhr, begann sich Lizzie wirklich Sorgen zu machen. Es war kein Ort für eine Lady, nicht einmal ein Ort für ihresgleichen.

Die Droschke hielt an der Ecke Diot Street an. »Die Carrier Street ist dort vorne, Miss«, rief der Kutscher. »Ich fahre nicht weiter, und Sie sollten auch nicht hineingehen, und der Hund kostet extra.«

Lizzie holte die Kutsche ein, als Harriet gerade zahlte. »Miss Metcalf!« rief sie.

Harriet wandte Lizzie ein kalkweißes Gesicht zu und zischte: »Geh! Verlasse mich auf der Stelle. Niemand darf dich mit mir sehen. Ich befehle dir, zu gehen.«

Nur ein ganz altes Familienfaktotum hätte den Mut gehabt, die Entscheidung seines Herrn oder seiner Herrin in Frage zu stellen. Lizzie versank in einen Knicks, drehte sich um und ging weg. Beauty winselte enttäuscht.

Mit hängenden Schultern und zögernden Schritten sah sich Lizzie nach einem anständigen Gesicht um, um zu sehen, ob sie jemanden um Rat bitten könnte. Denn Miss Metcalf würde niemals lebend aus dem ›Krähenhorst‹ herauskommen.

Und dann sah sie ihn, den Marquis of Huntingdon, der eigenhändig seine Reisekutsche vom Kutschbock aus lenkte. Sein Kutscher saß neben ihm. Er fuhr langsam, entweder weil die Pferde müde waren oder weil er mit seinen Gedanken nicht recht bei der Sache war.

Lizzie glaubte nicht an einen Zufall. Was für andere Leute ein merkwürdiges Zusammentreffen von Umständen ist, war für Lizzie eine Fügung Gottes. Gott führte ihr den Marquis mitten auf der Broad Street zu. Es war ein Zeichen.

Deshalb rannte Lizzie auf die Straße und rief mit schriller Stimme: »Mylord! Mylord!«

Der Marquis blickte vom Kutschbock hinunter, sah Lizzie, starrte sie überrascht an und brachte seine Pferde zum Stehen. »Was machst du denn hier, Mädchen?« rief er von oben.

»O bitte, Mylord«, rief Lizzie. Sie stand auf den Zehenspitzen, weil er so weit oben auf dem Kutschbock zu thronen schien, »es ist die Herrin. Sie ist in den ›Krähenhorst‹ gegangen.«

»Verdammt!« Der Marquis warf dem Kutscher, der neben ihm saß, die Zügel zu und sprang leichtfüßig hinab.

»Was tut sie da?« verlangte er zu wissen. »Welchen Weg hat sie eingeschlagen?«

»Ich habe gehört, wie ihr der Fahrer den Weg zur Carrier Street beschrieben hat.«

»Gib mir die Pistolen, John«, rief der Marquis seinem Kutscher zu. Die Pistolen ergreifend, sagte er zu Lizzie: »Und du gehst besser nach Hause, kleine Lizzie.«

»Lassen Sie mich mitkommen, Sir, Mylord«, bat Lizzie. »Miss Metcalf... Miss Metcalf ist... hat...« Die arme Lizzie konnte keine Worte dafür finden, was Harriet dadurch, daß sie sie einer Erziehung für wert befand, für sie getan hatte.

Der Marquis zuckte ungeduldig mit den Schultern und machte sich mit langen Schritten auf den Weg. Es ist unheimlich, dachte er immer wieder. Er war von immer stärkeren Gedanken an Harriet Metcalf gepeinigt worden, je näher er London kam. Er hatte sich geschworen, daß er nie mehr an sie denken wollte, an sie, die seinen Antrag abgelehnt und den armen Gilbert zu seinem Regiment zurückgetrieben hatte. Und nun war dieses kleine Ding inmitten der übelsten Gegend Londons neben seinen Wagenrädern aufgetaucht, um ihm zu sagen, daß Harriet Metcalf offensichtlich den Verstand verloren hatte und in den ›Krähenhorst‹ gegangen war. Der ›Krähenhorst‹ war die Heimstätte der minderwertigsten, oft gefährlichen Einbrecher und Diebe, das Wohnviertel der Allererbärmlichsten – Männer und Frauen –, die zu tief gesunken waren, um noch ein normales Leben führen zu können. Sie füllten die alten Häuser vom Dachboden bis zum Keller und drängten sich zu sechst oder siebt in einem Raum. Die Gassen, in die kaum ein Strahl Sonne drang, dampften und stanken. Die Straßen wanden und bogen sich und endeten in kleinen Gäßchen, die sich wiederum ineinander zu nicht nur einem Labyrinth, sondern zu einer ganzen Reihe von Labyrinthen verflochten. Fremde wagten sich selten hinein. Ohne sich auszukennen, konnte man den Weg zurück nach draußen nicht finden, und wenn man fragte, wurde man nur noch tiefer hineingeschickt, um, vielleicht in einem finsteren Hinterhof, von einer Gruppe abgerissener Weiber gepackt und ausgeraubt zu werden.

In den Hinterhöfen der hohen alten Häuser häuften sich Müll, Diebesgut und alle Arten von Speiseabfällen. Sanitäre Anlagen gab es nur in Form von Rinnsteinen und Versitzgruben. An jeder Ecke konnte man Gin kaufen. Einige der Häuser beherbergten »Schulen« zur Ausbildung von jungen Gaunern. Mädchen und Jungen wurden zu Taschendieben ausgebildet und weggeschickt, um Beute zu machen.

Als Lizzie und der Marquis die Gassen entlangeilten, hörten sie im abendlichen Radau des ›Krähenhorstes‹ die Schreie der Kinder, die ausgepeitscht wurden, weil sie mit leeren Händen nach Hause gekommen waren.

Harriet hatte die Carrier Street gefunden, aber sie konnte die Nummer 10 nicht finden, da die Häuser offensichtlich keine Hausnummern hatten. Sie ging auf eine Gruppe Frauen zu – wenn man diese rotäugigen Lumpenbündel überhaupt als Frauen bezeichnen konnte – und fragte höflich nach der Nummer 10.

»Ja, mein Liebchen«, sagte eine, die die Anführerin der Gruppe zu sein schien. »Komm nur mit uns.«

Die Frauen umringten Harriet, als die Anführerin ein übelriechendes Gäßchen voranging. Es roch selbst für Beauty, dessen Sinne von der Fülle der atembeklemmenden Gerüche überwältigt waren, zu abstoßend. Das Gäßchen war völlig dunkel.

»Wo sind wir?« fragte Harriet ängstlich.

»Wo du bleiben wirst«, flüsterte ihr eine böse Stimme ins Ohr. »Packt sie.«

Eine schmierige Hand spannte sich über Harriets Mund, und andere Hände zogen an ihren Kleidern.

Beauty, auf den die bösen Hexen nicht geachtet hatten, legte sich entschieden ins Zeug. Mit gefletschten Zähnen und gesträubtem Fell biß und schnappte er wütend und aufgeregt um sich. Man hörte Schreckensschreie, und Harriet, die ihren Mund wieder öffnen konnte, schrie ebenfalls, so laut sie konnte. Sie hielt ihr Ridikül, das Schmuckstücke von Sarah enthielt, ganz fest. Sarah war in Annabelles Zimmer gewesen, als sie sie an sich genommen hatte. Harriet hatte keinen eigenen Schmuck, den sie hätte mitbringen können.

In dem düsteren Gäßchen konnte sie nur das Glitzern der Augen ihrer Angreifer erkennen und ihre enttäuschten Flüche hören, weil Beauty unerschrocken vor seiner Herrin stand und laut bellte – tiefe Belltöne, die selbst der Lärm, der im ›Krähenhorst‹ herrschte, noch übertönten.

Und dann hörte man einen Schuß. Die Augen, die Harriet beobachteten, blitzten auf und verschwanden – die Tiere des ›Krähenhorstes‹ waren in ihre Höhlen zurückgekrochen.

»Miss Metcalf!«

Harriet erkannte Lizzies Stimme und rief: »Lizzie! Ich bin hier!«

Und da war Lizzie, und hinter ihr war eine männliche Gestalt in Umrissen sichtbar, die langsam und gedehnt sagte: »Was, bei allem, was heilig ist, machen Sie denn hier, Miss Metcalf?«

»Huntingdon!« keuchte Harriet. »Sarah und Annabelle. Das Furchtbarste...«

»Ruhig«, unterbrach er sie. »Wir gehen zurück zur Broad Street und ans Licht, bevor Sie sprechen. Ich habe zwar zwei Pistolen bei mir, aber in dieser Dunkelheit könnte sich einer von diesen Teufeln von hinten anschleichen und mir einen Schlag über den Kopf versetzen.«

Schluchzend vor ausgestandener Angst ließ es Harriet zu, daß er sie durch den Irrgarten von Gassen zurück in die Broad Street führte. Trotz ihres Kummers und Elends fragte sie sich, wie es der Marquis fertigbrachte, den Weg zurückzufinden. Sie konnte nicht wissen, daß seine scharfen Augen jede Wegkrümmung in dem Labyrinth aufgenommen hatten.

»Nun, Miss Harriet«, sagte der Marquis.

Sie zog den Brief aus ihrem Ridikül und brachte mühsam die ganze Geschichte heraus. Seltsamerweise dachte sie nicht daran, den Inhalt des Briefes vor ihm zu verheimlichen.

Der Marquis nahm ihr den Brief aus der Hand und führte sie zu seiner Kutsche hinüber. An diese gelehnt, untersuchte er den Brief beim Licht der Kutschenlampe genau.

»Meine liebe Lady«, sagte er schließlich, »Sie sind hereingelegt worden. Kein Mensch im ›Krähenhorst‹ kann schreiben, und wenn, dann bestimmt nicht solches Schriftenglisch. Jemand hat Ihnen einen sehr bösen Streich gespielt. Möglicherweise die Hayner-Mädchen selbst. Ich schlage vor, wir fahren so schnell wie möglich in die Clarges Street zurück.«

Vergeblich versuchte Harriet einzuwenden, daß der erbarmungslose Beweis für die Unehelichkeit vielleicht doch in der Carrier Street zu finden sei, aber der Marquis faßte sie um die Taille und hob sie kurzerhand in seine Kutsche.

Harriet saß in eine Ecke gedrückt da und zitterte vor Furcht und Elend. Die flackernde Kutschenlampe schien auf ihr weißes Gesicht mit den großen, müden Augen. Der Marquis, der sich zu Lizzie und Harriet in die Kutsche gesetzt hatte, fragte sich ohne Unterlaß, wer einen solch bösen und gefährlichen Streich gespielt haben könnte.

Als er Harriet vor Nummer 67 aus der Kutsche half, mußte er seinen Arm um sie legen, um sie zu stützen, denn als sie aufschaute und sah, daß nur noch in der Küche Licht brannte, schwankte sie und schien nahe daran, in Ohnmacht zu fallen. Lizzie wollte die Außentreppe hinuntergehen, aber der Marquis sagte: »Komm mit uns. Vielleicht braucht deine Herrin deine Hilfe.«

Er hob die Hand, um an die Tür zu klopfen, aber Rainbird öffnete bereits und trat zurück, um sie vorbeigehen zu lassen.

»Bringen Sie Wein und ... und etwas zu essen in den Salon, Rainbird«, sagte Harriet. »Sind die Misses Hayner noch wach?«

»Ja«, sagte Rainbird. »Soll ich sie bitten, herunterzukommen?«

»Nein«, sagte Harriet. »Warten Sie auf mich, Mylord. Ich komme sofort zurück.« Sie wandte sich an das Küchenmädchen. »Vielen Dank, Lizzie. Ich brauche dich heute nicht mehr. Ich sehe dich, wie üblich, morgen früh.«

»Oh, nein«, protestierte Lizzie, »das ist nicht nötig. Sie müssen morgen erst einmal ausschlafen.«

»Nein, Lizzie. Komm wie üblich zu mir.«

Rainbird, der eine Öllampe trug, geleitete sie die Stufen hinauf und wäre fast vor Neugierde gestorben. Was war geschehen? Warum war Lizzie in Begleitung des Marquis und mit Miss Metcalf nach Hause gekommen? Hatte Beauty wieder etwas angestellt?

Harriet ging in Sarahs Zimmer, das zur Straße lag. Annabelle und Sarah waren beide da und erhoben sich, um sie zu begrüßen. Die Fensterläden waren fest geschlossen und die Vorhänge zugezogen. Die Luft war warm und schwer von Düften.

»Das ist alles, Rainbird«, sagte Harriet mit fester Stimme.

Rainbird verbeugte sich und zog sich zurück. Er konnte es kaum erwarten, in die Gesindestube zu kommen und von Lizzie zu erfahren, was geschehen war.

Harriet betrat das Zimmer und setzte sich müde in einen Sessel.

»Was ist los, meine liebe Harriet?« rief Sarah aus. »Du siehst ja ganz weiß aus.«

»Ich habe diesen Brief bekommen«, antwortete Harriet. Sie händigte ihn ihnen aus. Die Mädchen lasen ihn Schulter an Schulter.

»Ach, du lieber Himmel!« sagte Annabelle schließlich. »Was für ein Unsinn! Ich hoffe, du hast kein Wort davon geglaubt.«

»Ich habe nicht gewußt, was ich tun soll«, sagte Harriet. »Aber ich konnte auch nicht das Risiko eingehen, nichts zu tun. Ich mußte gehen. Wie Ihr wißt, habe ich keinen Schmuck. Deshalb habe ich welchen von Sarah genommen. Aber macht euch keine Sorgen, ich habe ihn noch.«

»Du bist doch nicht allein gegangen?« fragte Sarah.

»Ich habe Beauty mitgenommen.«

»Aber dich nach St. Giles zu wagen!« rief Sarah aus. »Es ist so ziemlich die übelste Gegend von London, und man sagt, daß wenige Fremde lebend herauskommen.«

Harriet saß ganz still. Dann sagte sie: »Ich habe bis heute abend nichts von dem Viertel gehört. Woher weißt du das, Sarah?«

»Jemand hat auf einem Ball darüber geredet und gesagt, man müßte es bis auf die Grundmauern abbrennen«, sagte sie.

»Wer kann so etwas getan haben?« frage Harriet. »Welcher Unmensch wünscht mir den Tod? Ich weiß jetzt, daß eine Frau, die sich in London auskennt, niemals hingegangen wäre. Aber irgend jemand kannte mich sehr gut. Jemand wußte, daß ich mir nicht die Zeit nehmen würde, richtig nachzudenken, wenn ich glaubte, ihr wärt in Gefahr.«

»Warum«, sagte Annabelle, »hast du solch einen Unsinn geglaubt, wo du uns doch von Geburt an kennst?«

»Mir ist in letzter Zeit klargeworden«, sagte Harriet ruhig, »daß Sir Benjamin euch vielleicht nicht so viel väterliche Liebe schenkte, wie man es von ihm erwartet hätte. Ich habe euren Vater außerordentlich bewundert. Ich kann mir nicht helfen, aber ich habe gedacht, daß sein Verhalten verständlich wäre, wenn ihr nicht seine leiblichen Töchter wärt.«

Sarah schaute Harriet mit kalten Blicken an: »Ich habe immer gedacht, daß deine... äh... Reize, meine Liebe Harriet, der offensichtliche Grund für Papas Gefühlskälte uns gegenüber waren. Er hat dich vorgezogen und es jeden wissen lassen.«

»Das denkt ihr?« rief Harriet aus. »Als ihr heute abend nach Hause gekommen seid und ich die Abneigung in euren Gesichtern gesehen habe, als ihr mich am Fenster erblickt habt, und als ich dann den Brief bekam, da begann ich zu glauben, daß ich den Grund für diese Abneigung wüßte. Oh, meine Lieben, ich bin so voller Liebe und Sorge für euch. Ich würde alles tun, um euch glücklich zu machen.«

Sie breitete die Arme aus. Die Zwillinge wandten sich ab und waren peinlich berührt von dieser ihrer Ansicht nach ungeheuer vulgären Zurschaustellung von Gefühlen.

Harriet ließ hilflos die Arme sinken. »Ihr habt mir nicht zufällig so einen Streich gespielt?« fragte sie trostlos.

»Wir!« quietschten Sarah und Annabelle wie aus einem Munde.

Sarah war die erste, die sich von dem Schrecken erholte. »Du behauptest, daß du uns liebst«, sagte sie eisig, »und doch bist du, ohne zu zögern, bereit, uns für uneheliche Kinder zu halten, und jetzt denkst du, daß wir dich absichtlich ins Verderben geschickt haben.«

»Den Brief hat jemand geschrieben, der mich kennt«, sagte Harriet. »Aber du hast recht. Es ist jemand, der weiß, wie sehr ich euch beide liebe. Und das ist etwas, was ihr beide nicht wißt. Ich erkenne allmählich, daß ihr mich für eine Abenteurerin haltet, die nur auf ihren eigenen Vorteil bedacht ist.«

Eine lange peinliche Stille trat ein.

»Wurdest du denn nicht überfallen?« fragte Sarah schließlich.

»Doch. Aber Beauty hat alle Angreifer abgewehrt.« An der Tür war ein Scharren zu hören. Beauty versuchte hereinzukommen. Harriet stand auf. »Beauty soll die besten Knochen aus der Küche bekommen. Er ist ein tapferer und edler Hund. Bin ich in euren Augen ein Ungeheuer? Ist Beauty der einzige, der mich ertragen kann?«

»Du kannst nicht alles haben, liebe Harriet«, sagte Sarah schneidend. »Du verwaltest unser Geld, bis wir einundzwanzig sind. Ich schlage vor, du tröstest dich mit dem Gedanken, daß du, wenn wir nicht wären, immer noch in deinem feuchten, schäbigen Cottage herumsitzen würdest, statt die Saison in London zu genießen und Heiratsanträge von zwei Lords zu bekommen.«

»Ich habe es nicht darauf angelegt, einen dieser Herren zu erobern«, rief Harriet aus. »Könnt ihr das nicht einsehen?«

»Ich sehe nur«, sagte Annabelle, »daß es spät ist. So seltsam es auch scheinen mag, wir sind froh, daß du unverletzt bist. Aber bitte verlaß uns jetzt.«

Sie standen nebeneinander da und beobachteten sie. Jetzt, wo Sarah ihre wahren Gefühle offenbart hatte, machte sich keiner der Zwillinge die Mühe, auch nur höflich zu ihrem Vormund zu sein. Als Harriet gegangen war, schauten sie sich an. »Jetzt weiß sie es«, sagte Sarah trotzig. »Und es ist mir egal.«

»Mir auch«, stimmte Annabelle zu. Aber die Mädchen verstanden nicht ganz, warum ihre Grausamkeit Harriet gegenüber sie nicht befriedigte, sie im Gegenteil in ihren eigenen Augen herabsetzte.

Harriet blieb einen Augenblick zögernd vor dem Salon stehen. Sie hatte den Mädchen nichts von Lord Huntingdon erzählt, weil sie Sarah nicht aufregen wollte. Dann betrat sie den Raum, der Marquis, der mit einem Glas Wein in der Hand dasaß, stand auf.

»Ich bin Ihnen dankbar für diesen Abend«, sagte Harriet. Sie lächelte. »Und meinem tapferen Beauty.«

Beauty kam zu ihr und legte seinen Kopf an ihr Knie. Dabei blickte er mit seinen kleinen, klugen Augen zu ihr auf. Sie tätschelte sein dickes Fell. Er schüttelte sich und ging dann zum Marquis hinüber, um auch von ihm gestreichelt zu werden.

»Warum«, sagte der Marquis und musterte Harriets kummervolles Gesicht, »haben Sie geglaubt, was in diesem lächerlichen Brief steht, und sich Hals über Kopf in das übelste Viertel von London begeben? Sie hatten doch bestimmt keinen Grund, die Zwillinge für illegitim zu halten.«

Harriet wollte ihm alles über Sir Benjamin erzählen und alles über ihre Schuldgefühle, weil er sie vorgezogen hatte. Aber gleichzeitig befürchtete sie, er könnte sie nicht verstehen. Die väterliche Fürsorge des bedeutendsten Mannes im Dorf, die auf dem Land angebracht und selbstverständlich wirkte, nahm sich in der Hauptstadt, wo jedermann dem anderen die schlimmsten Motive zu unterstellen schien, auf einmal gar nicht mehr so harmlos aus. Statt dessen sagte sie: »Aber was, wenn es wahr wäre? Was wäre, wenn jemand so ein Beweisstück hätte?«

»Dann, meine liebe Unschuld vom Lande«, sagte er, »verabredet man sich in Mayfair mit Ihnen und hat wahrscheinlich einen Anwalt dabei. Man fordert Sie nicht auf, in den ›Krähenhorst‹ zu kommen. Man schreibt auch keine Briefe in gutem Englisch und schiebt sie durch den Briefkastenschlitz, wobei man Gefahr läuft, gesehen zu werden. Derjenige, der den Brief einwarf, konnte sich darauf verlassen, daß er – oder sie – nicht weiter auffallen würde.«

»Noch etwas anderes hat mich heute abend erschüttert«, sagte Harriet. »Ich mußte erkennen, daß Annabelle und Sarah mich nicht mögen.«

»Den Eindruck habe ich schon lange«, sagte er trocken. »Sind Sie sicher, daß nicht die beiden den Brief geschickt haben?«

»Ich bin sicher«, sagte Harriet. »Sie mögen mich nicht, aber sie wünschen mir nicht den Tod.«

»Vielleicht haben sie nicht bedacht, daß das Abenteuer tödlich für Sie hätte ausgehen können«, gab er zu bedenken. »Möglicherweise wollten Sie Ihnen nur einen Schreck einjagen. Gehässige Leute denken oft nicht an die Folgen ihrer Handlungen.«

»Ich wünschte, sie würden mich nicht hassen«, sagte Harriet. »Oh, es ist schlimm, wenn man feststellt, daß zwei Mädchen, die man geliebt und verwöhnt hat, zu solchen Gefühlen fähig sind.«

»Vielleicht sollten Sie versuchen, Ihre Liebe einem würdigeren Gegenstand zuzuwenden«, meinte der Marquis. »Nur weil zwei eifersüchtige Mädchen Sie nicht mögen, sind Sie nicht weniger liebenswert. Man muß es lernen zu akzeptieren, daß man nicht geliebt wird, genauso wie man es lernen muß zu akzeptieren, daß man geliebt wird. Gilbert – Lord Vere – hat England mit seinem Regiment verlassen«, fügte er schroff hinzu.

»Das tut mir leid«, sagte Harriet, »aber ich konnte ihn nicht heiraten.«

»Es gibt nicht viele Damen, die sich rühmen können, zwei gute Angebote abzulehnen, bevor die Saison auch nur begonnen hat.«

»Wenn ich gewußt hätte, daß Lord Vere meine Absage so schwer nimmt, hätte ich alles getan, um ihn zu entschädigen«, sagte Harriet.

»Indem sie ihn geheiratet hätten?«

»Nein. Lord Vere ist ein Romantiker, und es wäre nicht fair gewesen, ihn mit einer Frau, die ihn nicht liebt, zu belasten.«

»Aber Sie wären ganz mit sich zufrieden gewesen, wenn er einem Ihrer Schützlinge einen Heiratsantrag gemacht hätte?«

Harriet biß sich auf die Unterlippe. »Vielleicht«, sagte sie. »Ich finde die Sorge für sie erdrückend.«

»Und ich bin ein Unmensch, daß ich Sie auch noch damit hänsele«, sagte er. »Genug! Es hat den Anschein, daß uns die Götter nicht erlauben, getrennte Wege zu gehen. Wir wollen Freunde sein, Harriet Metcalf.«

»Das fände ich sehr schön«, sagte Harriet mit solch unschuldiger Überraschung in der Stimme, daß er anfing zu lachen.

Er erhob sich und streckte ihr die Hand hin. »Freunde also«, sagte er.

»Freunde«, kam das Echo von Harriet, die ebenfalls aufstand und seine Hand ergriff.

Er lächelte auf sie herab. »Ich werde Sie morgen besuchen, Miss Metcalf«, sagte er, »um zu sehen, ob es Ihnen gutgeht.«

»Vielen Dank«, erwiderte Harriet, und ihre Augen, die voller Vertrauen in die seinen schauten, leuchteten vor Wärme und Liebe. Er verabschiedete sich und schickte seine Kutsche voraus, weil er zu Fuß gehen wollte.

Er fühlte sich schwindlig und benommen.

Er konnte sich nicht erinnern, daß er in seinem ganzen bisherigen Leben je so lächerlich glücklich war.

10

Der Marquis of Huntingdon war enttäuscht, daß er Harriet nicht allein traf, als er am nächsten Tag in Nummer 67 vorsprach. Sarah und Annabelle waren da, mächtig herausgeputzt und bewaffnet mit Mappen voller Aquarelle, die er bewundern, und Handarbeiten, die er begutachten mußte. Er war bloß froh, daß sich Nummer 67 nicht eines Klaviers rühmen konnte.

Die Mädchen fragten ihn so schelmisch, wie junge Mädchen zu sein hatten, ob er auch der Ansicht sei, daß auf dem Haus ein Fluch laste, es habe schließlich diesen Ruf. Er antwortete, nein, er sei nicht der Ansicht. Sie fragten ihn, ob er Brummells neueste witzige Bemerkung schon kenne, und er sagte, ja, er kenne sie, aber sie wiederholten sie dennoch, und dann kicherten sie und schlugen neckisch mit den Fächern aufeinander ein. Der Marquis wurde allmählich wütend auf Harriet. Hatte sie nichts zu sagen? Mußte sie mit diesem steifen Lächeln auf dem Gesicht einfach so dasitzen, während ihn ihre Schützlinge zu Tode langweilten? Schließlich hatte er das Gefühl, daß er Sarahs und Annabelles schelmische Lustigkeiten nicht länger ertragen konnte, und verabschiedete sich. Er war ganz froh, so redete er sich ein, daß sein albernes Verlangen nach Harriet Metcalf, das einem Schuljungen angemessen war, verschwunden zu sein schien. Sie war nicht mehr als ein verführerisch aussehendes kleines Ding, das sich im Leben für nichts anderes interessierte als für ihren Hund und diese unausstehlichen Zwillinge. Sie war sichtlich entschlossen, zwei schreckliche Mädchen zu lieben, die sie nicht einmal gern hatten. Sie war eine Märtyrerin. Und wegen einer solchen Frau kämpfte der arme Gilbert unter der heißen Sonne Spaniens!

Aber als er die kurze Strecke von der Clarges Street zum Berkeley Square gegangen war, hatte ihn das alte Verlangen schon wieder gepackt. Er wußte, daß sie am Abend ein Ballfest in den Gesellschaftsräumen des Almack besuchen würde. Er mochte Almack nicht – dieses triste Haus mit dem schlechten Tanzboden und dem noch schlechteren Essen. Er könnte, überlegte er, für eine halbe Stunde vorbeischauen.

Harriet fühlte sich jetzt in der großen Welt sicher, sicher genug, um sich auf einen Abend im Almack ohne Zittern vorzubereiten. Sie freute sich aufrichtig über ihr neues Kleid mit Silberstickerei auf Tüll, unter dem sie ein Unterkleid aus weißem Satin trug.

Harriet war stolz auf sich. Wenn ihre verräterischen Gedanken nur nicht ständig so vulgär bei Lord Huntingdons äußeren Vorzügen verweilen würden, könnte sie ihre Pflichten als Anstandsdame noch aufrichtiger wahrnehmen. Wenigstens in dieser Beziehung hatte sie Erfolg.

Annabelle und Sarah hatten einige sehr angesehene Verehrer – zwar war keiner von ihnen so hinreißend wie Lord Vere oder Lord Huntingdon, aber es waren durchweg junge Männer wohlhabender Familien.

Sie selbst war bei den anderen Anstandsdamen beliebt und genoß es, mit ihnen auf den Bällen und Gesellschaften zu plaudern.

Sarah und Annabelle hielten es offensichtlich für diplomatisch, Harriet wie bisher zu behandeln. Sie wirkten mäßig liebevoll, aber Harriet, die ihre wirklichen Gefühle kannte, wäre es lieber gewesen, sie hätten ihre Abneigung nicht hinter diesem falschen Getue versteckt.

Im Ballsaal angekommen, wartete sie, bis die Zwillinge von ihren Partnern auf die Tanzfläche geleitet waren, und ging dann zu der Reihe kleiner vergoldeter Stühle hinüber. Sie lächelte, als sie die Baroness Villiers und Mrs. Cramp sah.

Zu ihrem Erstaunen standen beide Damen auf, als sie Harriet auf sich zukommen sahen, und gingen ohne ein Wort der Begrüßung weg. Sie blieben miteinander bei den Säulen unter der Orchestergalerie stehen.

Völlig verwirrt setzte sich Harriet und war sich der leeren Stühle rechts und links von ihr schmerzlich bewußt. Sie lächelte den anderen Anstandsdamen schüchtern zu, aber diese starrten sie nur hochmütig an und steckten dann die Köpfe zusammen, um sich leise flüsternd zu unterhalten.

Ratlos wandte Harriet ihre Aufmerksamkeit dem Tanzboden zu. Auch da gab es nur vorwurfsvolle Blicke, nur Geflüster.

Sie schaute an ihrem Kleid hinunter, weil sie fürchtete, daß die Bänder aufgegangen waren oder ein großer Fleck darauf war. In diesem Moment sah sie die dicke und gemütliche Gestalt Lady Phillips.

Entschlossen, mit wenigstens einer Freundin zu sprechen, eilte Harriet auf sie zu.

»Lady Phillips...«, begann sie, doch dann erstarb ihr das Wort auf den Lippen. Denn Lady Phillips schaute sie erschreckt an, ihre pausbäckigen Gesichtszüge erstarrten, und sie machte auf dem Absatz kehrt und ging weg. Es war eine unmißverständliche Abfuhr.

Harriet zog sich unglücklich auf ihren Stuhl zurück. Was in aller Welt war passiert?

Als der Marquis of Huntingdon den Ballsaal betrat, schaute Harriet quer über den Saal zu ihm hinüber und lächelte ihn angstvoll an. Er lächelte zurück und machte den Eindruck, als wollte er den Saal durchqueren, um sich zu ihr zu setzen; aber zwei Freunde riefen ihm etwas zu. Sie sprachen einige Zeit flüsternd mit ihm, und dann schauten sie alle in Harriets Richtung. Der Marquis sah völlig fassungslos aus.

Die Geschichte wiederholt sich, dachte er verzweifelt. Denn war es nicht im Almack, wo er das erste Mal von der Untreue seiner Frau erfuhr? Und war er nicht damals so wie jetzt dagestanden, mit einem stechenden Schmerz im Herzen, während seine Welt um ihn in Trümmer fiel?

Und er hatte gedacht, er sei ihrer nicht würdig. Er hatte sie für keusch und rein gehalten. Doch die Tatsachen sprachen für sich. Warum hätte Sir Benjamin Hayner ihr sonst die Verantwortung für seine Güter, sein Vermögen und seine Töchter übertragen sollen, wo sie doch nur ein paar Jahre älter als diese war? Offenbar war es auf dem Land schon lange bekannt, daß Harriet es darauf angelegt hatte, ihn zu verführen. Er fühlte Übelkeit in sich aufsteigen. Da er sah, daß Harriet ihn beobachtete, drehte er sich um und begann mit ein paar anderen Freunden zu reden. Und dann verließ er den Ballsaal.

Das Flüstern und die Blicke waren immer weniger zu übersehen. Harriet spürte, wie sich ihre Augen mit Tränen füllten, und zwinkerte sie weg. Sie hegte den unvernünftigen Wunsch, Beauty wäre hier, das einzige liebevolle und verläßliche Wesen in einer trügerischen Welt.

Plötzlich konnte sie es nicht mehr ertragen. Sie erhob sich unsicher, beobachtet von Hunderten mitleidloser Augen. Mit gesenktem Blick eilte sie auf die Tür zu und war sich dennoch nur allzu bewußt, daß alle sich umdrehten und ihr den Rücken zukehrten, als sie vorbeiging.

Sie holte ihren Mantel und floh aus den Gesellschaftsräumen. Von der anderen Straßenseite aus beobachtete der Marquis, der wütend auf und ab geschritten war, wie sie davoneilte.

Laß sie gehen! dachte er.

Aber wie durch einen unsichtbaren Faden mit ihr verbunden, folgte er ihr und beschleunigte seinen Schritt, als sie in die Dunkelheit von Chapel Court eintauchte. Als sie wieder aus dem Court auftauchte, rannte sie die New Burlington Street entlang, die Clifford Street, die Grafton Street, den Hay Hill hinunter, über das untere Ende des Berkeley Square, die Bolton Row entlang und in die Clarges Street.

Sie war nahe daran, ihm zu entwischen, in diesem verfluchten Haus zu verschwinden, ohne eine Erklärung abzugeben, dachte der Marquis in so blinder Wut, daß ihm gar nicht zu Bewußtsein kam, daß sie ihm keine schuldete.

Harriet war gerade dabei, die Haustür von Nummer 67 zu öffnen, als er sie einholte.

»Auf ein Wort, Madam«, sagte er.

Harriet sagte nichts, schleppte sich nur in den Salon und ließ die Tür offen. Er folgte ihr und wartete, bis sie die Kerzen angezündet hatte.

»Ich weiß nicht, was heute abend geschehen ist. Ich konnte es nicht mehr ertragen«, schluchzte Harriet. »Diese Augen und das Geflüstere, und alle haben mich wie Luft behandelt.«

»Sie pflegen mit Dirnen keinen gesellschaftlichen Umgang.«

Sie fuhr sich mit der Hand an die Wange, als ob er sie geschlagen hätte. »Was sagen Sie?« fragte sie verwirrt. »Was habe ich getan?«

»Ihre Sünden haben Sie eingeholt. Die Welt weiß jetzt, daß Sie die Mätresse von Sir Benjamin Hayner waren und sich die Liebe raubten, die er seinen Töchtern schuldig gewesen wäre. So schlau haben Sie es angestellt, daß er Ihnen seine Güter und sein Vermögen hinterließ ...«

»Doch nur ihre Verwaltung, bis die Mädchen einundzwanzig sind«, sagte Harriet entgeistert. »Und ich bin unschuldig, Mylord.

Sir Benjamin war nach dem Tod meiner Eltern wie ein Vater zu mir.«

Wenn er sie nicht so sehr begehrt hätte, wenn er nicht dieses verzweifelte Verlangen nach ihr gefühlt hätte, dann hätte er vielleicht der Stimme der Vernunft gehorcht. Wenn seine Frau ihn nicht betrogen hätte, wäre er vielleicht nicht so hitzköpfig gewesen.

Wenn ich mir vorstelle, daß ich es nicht einmal wagte, einen Kuß zu stehlen, dachte er. Er trat auf sie zu. Harriet wich zurück. Er zog sie in die Arme. Er wollte sie verhöhnen, sie bestrafen, aber ihr warmer Körper, die Angst in den großen Augen, die zu ihm aufblickten, erfüllten ihn mit einer schmerzlichen Zärtlichkeit. Der böse Blick wich aus seinen Augen, und seine harten Gesichtszüge wurden weich. »Harriet«, sagte er. »Meine liebste Harriet.«

Und die Welt um sie herum drohte aus den Fugen zu geraten.

Aber nicht aus Leidenschaft...

Beauty hatte den Küchenkater gefunden.

Den ganzen Tag über hatte er auf der Küchentreppe gelauert und auf eine Gelegenheit gewartet – wie eine Katze, die ein Mauseloch beobachtet –, durch die mit grünem Filz gepolsterte Tür zu kommen.

Und dann kam die Gelegenheit. Alice, die alles so langsam machte, daß sie eine Ewigkeit brauchte, um eine Tür zu öffnen und zu schließen, hatte einige Zeit, nachdem die Damen zu Almack gegangen waren, das Teegeschirr weggeräumt. Sie stützte dabei das Teetablett auf der linken Hüfte ab und stieß mit dem rechten Ellbogen gegen die Tür – mit diesen trägen, lässigen Bewegungen, von denen Rainbird sagte, sie sähen aus, als bewegte sich jemand unter Wasser.

Beauty erkannte seine Chance und ergriff sie. Er sprang freudig die Stufen hinab und wirbelte in die Gesindestube, gerade in dem Augenblick, als die Diener sich zum Abendessen hinsetzen wollten.

Er sah den Schnorrer, und seine kleinen Bärenaugen glühten rot vor Kampfgeist. Zähnefletschend fiel er über ihn her... und stieß ein schmerzliches Jaulen aus. Denn der Schnorrer war nicht vom Fleck gewichen, sondern hatte ihm einen Hieb über die Schnauze versetzt.

Wäre Rainbird anwesend gewesen, wäre vielleicht schneller wieder Ordnung eingetreten, aber Rainbird war mit Mr. Blenkinsop, dem Butler von nebenan, im ›Running Footman‹.

MacGregor ergriff die Teigrolle und rannte auf Beauty zu; Beauty machte einen Scheinangriff und biß Joseph ins Bein. Joseph schrie wie ein Papagei, dem die Schwanzfedern ausgerupft werden. Jenny sprang auf den Tisch, und Dave packte den Schnorrer und rannte mit Beauty, Mrs. Middleton, Lizzie und Angus MacGregor im Gefolge die Treppe hinauf. Alice drückte sich gegen die Wand, als sie alle vorbeistürmten.

Der mittlerweile gar nicht mehr so angriffslustige Beauty raste in das Allerheiligste, den Salon, und übersah dabei Dave, der sich mit dem Kater in einer Ecke der Eingangshalle verbarg. Beauty blieb erstaunt stehen, als er seine Herrin in den Armen eines großen und starken menschlichen Wesens sah.

Er stieß ein fürchterliches Geheul aus und grub seine Zähne in das Hinterteil des Marquis of Huntingdon.

Der Marquis fuhr herum und gab Beauty einen Fußtritt. Lizzie faßte Beauty um den Hals und rief: »Sei ein lieber Hund. Sei lieb. Du kannst brav sein, Beauty« und anderen Unsinn, der die erstaunliche Wirkung hatte, das völlig aufgebrachte Tier zu besänftigen.

Der Marquis of Huntingdon beobachtete die Szene und konnte es nicht fassen. Es hatte den Anschein, als sei er zur Salzsäule erstarrt. Er konnte nicht glauben, was ihm geschah. Er, der eine Autorität in Sachen Mode war, der Don Juan der eleganten Welt, der angebetete, der gefeierte und verwöhnte Mann stand hier mit heftig schmerzendem Hinterteil vor einem Haufen glotzender Diener. Hätte ihn der Hund nicht rechtzeitig gebissen, wäre er vielleicht in Gefahr gewesen, sich sehr schlecht zu benehmen. Der Überfall dieses vermaledeiten Köters hatte seinen Kopf wunderbar geklärt. Er fragte sich, ob es in seiner Familie vielleicht Geisteskranke gab. Denn in seinem Herzen hatte er keinen Augenblick gezweifelt, daß das Gerede über Harriet Metcalf eine gemeine Lüge war. Er begehrte sie, wie er nie zuvor eine Frau begehrt hatte, und er begann zu glauben, daß das Verlangen seinen Verstand verwirrte.

Plötzlich trat Schweigen unter den Dienern ein. Sie schauten in Harriets gequältes Gesicht und fragten sich, ob sie diesen noblen

Lord aus dem Haus werfen sollten. Lizzie betete um Rainbirds Rückkehr.

Und dann war der Butler plötzlich da, korrekt wie immer, mit einem Gesicht, das keine Regung zeigte. Seine Augen wanderten blitzschnell von einem zum anderen, und er sagte höflich: »Mir scheint, Sie wollen gerade aufbrechen, Mylord.«

»Ja«, sagte der Marquis. Er wandte sich zu Harriet. Es gab so viel, was er ihr sagen wollte, doch der Schrecken und der Abscheu auf ihrem Gesicht, nun, da sie allmählich begriff und sich von dem betäubenden Schock, den seine Worte hervorgerufen hatten, erholte, raubten ihm jeden klaren Gedanken.

»Ihr Diener, Miss Metcalf«, sagte er. »Ich werde Sie morgen aufsuchen, um zu sehen, wie es Ihnen geht.«

Und dann ging er so steif aus dem Zimmer wie ein Kater, der es aufgegeben hat, zu kämpfen.

Rainbird sah die Tränen aus Harriets Augen stürzen und nickte den anderen Dienern zu. »Raus!« sagte er.

Sie zogen sich zurück und schlossen die Tür.

»Ich bin nur ein Diener, Madam«, sagte Rainbird, »aber es ist kein anderer Mensch zur Stelle, und ich kann Ihnen nicht helfen, wenn ich nicht weiß, was Sie bekümmert.«

Im Nu waren alle Klassenschranken gefallen. Harriet warf sich an seine Brust und weinte sich aus.

Beauty legte den Kopf zurück und begann laut zu heulen, und der Kummer, den ihr Liebling so lautstark ausdrückte, zwang Harriet, sich zusammenzunehmen. Sie trat zurück und sah den Butler mit traurigen Augen an. »Ich bin durch boshaften Klatsch ruiniert, Mr. Rainbird.«

»Ich weiß«, antwortete Rainbird ernst, »und ich weiß auch, wer geklatscht hat.«

Harriet setzte sich unvermittelt hin und starrte ihn an.

»Es war die Kammerzofe, Emily. Sie hat Luke die Geschichte erzählt und ihn dann schwören lassen, daß er schweigt. Aber er hat es dem Butler Blenkinsop weitererzählt, was ganz in Emilys Sinn war – davon bin ich überzeugt. Blenkinsop liebt einen kleinen Schwatz, und er erzählte die Geschichte den ranghöheren Dienern im ›Running Footman‹. – Ich will eines zu Lukes Gunsten sagen«, fügte

Rainbird hinzu und musterte seine wunden Fingerknöchel, »er war sehr anständig Emily gegenüber, ich mußte aus ihm ... äh ... herausprügeln, woher seine Informationen stammten.«

»Aber ich habe ihr nie etwas getan!« rief Harriet aus.

»Ich glaube, Sie werden herausfinden, Miss Metcalf«, sagte Rainbird und betrachtete eingehend die Zimmerdecke, »daß ihr die Misses Hayner aufgetragen haben, Bosheiten zu verbreiten.«

»Das werde ich niemals glauben«, sagte Harriet.

Rainbird legte den Kopf auf die Seite und lauschte, als eine Kutsche draußen zum Stehen kam.

»Beweisen Sie, daß wir alle unrecht haben, Madam«, sagte er. »Kommen Sie mit mir, wir wollen uns vor Miss Sarahs Zimmer verstecken, wenn sie hineingegangen sind, und lauschen.«

»Nein!«

»Wenn sie unschuldig sind, haben Sie nichts zu befürchten.«

Harriet holte tief Atem. »Einverstanden.«

Rainbird machte eine Verbeugung. »Ich werde ihnen sagen, daß Sie schon zu Bett gegangen sind und nicht gestört werden wollen.«

Er ging hinaus und schloß die Tür. Harriet knüllte ihr Taschentuch in den Händen zusammen und lauschte auf das Stimmengemurmel in der Halle. Dann hörte sie die Mädchen die Treppe hinaufgehen. Rainbird glitt leise in den vorderen Salon zurück. »Jetzt, Miss Metcalf«, sagte er.

Harriet folgte ihm lautlos nach oben. Er bedeutete ihr, das Ohr an Sarahs Tür zu pressen.

»Meine Güte, was für ein Getue!« war Sarahs Stimme zu vernehmen. »Es ist mir unverständlich.«

»Es muß Emily gewesen sein«, sagte Annabelle. »Oder der Klatsch, den wir in Upper Marcham verbreitet haben, ist schließlich bis in die Hauptstadt gedrungen.«

»Ich wünschte, du würdest es nicht andauernd als Klatsch bezeichnen«, sagte Sarah gereizt. »Wir haben nur die Wahrheit gesagt, und es war unsere Art, die Leute die Wahrheit wissen zu lassen.«

Harriet richtete sich auf. »Es ist ein furchtbarer Schock für mich«, flüsterte sie. »Ich will mich zurückziehen.«

»Noch nicht«, sagte Rainbird. »Sie haben noch nicht lange genug zugehört.«

Harriet legte ihr Ohr wieder an die Tür.

»Ich habe gedacht, du hast sie liebgewonnen«, sagte Annabelle gerade.

»Ich war nahe daran, als ich dachte, ihr läge unser Wohl am Herzen. Damals dachte ich, daß sie vielleicht aufrichtig ist. Aber bei ruhiger Überlegung glaube ich doch wieder, daß sie ein intrigantes Frauenzimmer ist. Ich hoffe, sie ist so sehr in Schande geraten, daß kein Mensch sie je wieder anschaut. Pfui! Harriet mit ihren bäuerischen Sitten weiß überhaupt nicht, wie man sich benimmt. Sie muß einfach irgendwelche Tricks anwenden, sonst würden sie doch die Gentlemen nicht ein zweites Mal anschauen, wenn wir dabei sind. Ich mag sie kein bißchen. Ich habe sie nie gemocht. Ich habe sie nicht einmal gemocht, als wir Kinder waren und bevor Papa seine närrische Vorliebe für sie zeigte...«

»Genug«, sagte Harriet und zog sich von der Tür zurück.

»Sie müssen zu uns hinunterkommen«, sagte Rainbird feierlich. »Es gibt eine Menge zu tun.«

11

Viel zu schockiert und benommen, um etwas anderes tun zu können, als dem Butler zu gehorchen, folgte Harriet Rainbird die Hintertreppe hinab in die Gesindestube.

Sie dachte, daß ihre arme Mutter entsetzt wäre, wenn sie sehen könnte, daß sich ihre Tochter Dienern anvertraute. Aber die verstorbene Mrs. Metcalf hatte bei all ihren Fehlern und ihrem Snobismus doch immer behauptet, daß nur Emporkömmlinge und Ladenschwengel ihre Diener unhöflich behandeln.

Lizzie saß am unteren Tischende und brachte Dave das wenige, was sie schon von Harriet gelernt hatte, bei. Mrs. Middleton war über einer Handarbeit am Kamin eingeschlafen. Jenny und Alice hatten Körbe voll Weißwäsche auszubessern. Angus MacGregor stand mit überkreuzten Beinen und las in einem stark mitgenommenen Kochbuch; das Buch hielt er mit ausgestreckten Armen von sich, denn seine Augen waren schlecht, aber seine Eitelkeit hielt ihn davon ab, sich eine Brille zu kaufen. Joseph manikürte seine Nägel, der Schnorrer lag zusammengerollt auf seinen Knien. Der Schein der Kerzen tauchte die Gruppe um den Tisch in ein goldenes Licht und ließ die fleckigen Wände im Schatten verschwinden, so daß der Raum aussah wie das idealisierende Gemälde einer bäuerlichen Küche nach Feierabend.

Alle erhoben sich, als sie Harriet hinter Rainbird erblickten. Rainbird zog am Kopfende einen Stuhl für Harriet unter dem Tisch hervor und bat sie, sich hinzusetzen. Dann gab er den anderen durch ein Kopfnicken zu verstehen, daß sie ihre Plätze wieder einnehmen konnten.

Mrs. Middleton war jetzt hellwach, und ihre gütigen Augen suchten den Raum mit einem erschreckten Ausdruck ab, denn Mrs. Middleton glaubte insgeheim wirklich, daß auf dem Haus ein Fluch lag, und sie fragte sich, ob Miss Metcalf in diese unfeinen niederen Regionen herabgestiegen war, um ihnen von Mord und Vergewaltigung zu berichten.

Rainbird erzählte ihnen kurz von dem gemeinen Klatsch über Harriet, der in West End kursierte. Er sagte ihnen, daß er jetzt glaube, die Zwillinge hätten Miss Metcalf reingelegt, damit sie in den ›Krähenhorst‹ ginge. Als sich all die Ausrufe des Schreckens und des Abscheus gelegt hatten, wandte er sich an Harriet.

Harriet wollte herausschreien, daß sie nicht glaube, daß die Zwillinge zu so etwas fähig seien, aber Rainbird stellte ihr eine Frage.

»War es nicht so, Miss Metcalf, daß Lord Vere und Lord Huntingdon Sie vor einiger Zeit aufgesucht haben und mit kummervoller Miene weggegangen sind? Kann es sein, daß beide um Ihre Hand angehalten haben?«

»Ja«, antwortete Harriet unglücklich. »Sie müssen wissen, daß ich glaubte, daß Lord Vere Annabelle um ihre Hand bitten wollte und Sarah einen Heiratsantrag von Lord Huntingdon bekommen würde. Aber sie baten statt dessen mich um meine Hand.«

»Und Sie haben offensichtlich abgelehnt«, sagte Rainbird. »Hat Lord Vere nicht davon gesprochen, daß er sich wegen eines gebrochenen Herzens wieder zu seinem alten Regiment begeben wolle? Aber er hat nie den Namen der Dame verraten, und es gab zahlreiche Vermutungen. Und Huntingdon. Ah, das ist ein Treffer! Bevor er nach Amerika ging, haben ihn sämtliche Familien der Aristokratie für ihre Töchter gewollt, und es gab auch viele verheiratete Frauen, die sich ihm an den Hals warfen. Aber er hat niemals Affären mit angesehenen Damen gehabt – trotz seines Rufs als Frauenheld.«

»Belinda Romney ist seine Mätresse«, sagte Harriet. »Man sagt, sie brauchte nach dem Tod ihres Gatten dringend Geld. Er hat ihre Situation sicherlich ausgenützt.«

»Keineswegs«, warf Joseph ein. »Sie hatte vor ihm schon zwei Liebhaber.«

»Sie sehen«, sagte Rainbird eifrig, »die einzige Möglichkeit, bösen Klatsch zu bekämpfen, ist, die Gesellschaft mit einem noch dickeren und besseren Brocken zu versorgen. Wir werden noch heute nacht in West End verbreiten und es aller Welt erzählen, wie eifersüchtig und boshaft die Hayner-Mädchen sind.«

»Es wird sie ihre gesellschaftliche Stellung kosten«, sagte Harriet voller Kummer. »Und ihr Vater hat mir vertraut.«

»Sir Benjamin hat Sie damit betraut, Miss Metcalf, darauf zu achten, daß sie sich wie Damen mit gutem Charakter benehmen. Wenn sie ungestraft davonkommen, bleiben sie böse und ruinieren weiterhin das Leben anderer Leute. Emily wird morgen früh als erstes gekündigt. Ich werde sie selber zur Postkutsche bringen. Was ist zwischen Ihnen und Lord Huntingdon gewesen?«

»Er hat mit mir wie mit der Dirne gesprochen, für die er mich hielt«, sagte Harriet.

»Nun, es leuchtet ein, daß er vor Wut rasend ist, wenn man sieht, daß er Sie offensichtlich sehr liebt.«

»Mich liebt? Der Mann ist ein Wüstling!«

»Miss Metcalf«, sagte Rainbird streng, »wenn ein Mann, der so reich und so schön ist wie der Marquis of Huntingdon, einen Heiratsantrag macht, dann ist es klar, daß der Mann sehr verliebt ist. Sie müssen wissen, daß ihn seine verstorbene Frau betrogen hat und daß ihn das sehr tief verletzt hat.«

Harriet schaute den Butler mit großen Augen an. »Wissen die Londoner Diener über uns alle so gut Bescheid? Gibt es denn gar keinen Teil unseres Lebens, der nicht auseinandergenommen wird?«

»Oh, doch«, sagte Rainbird unbekümmert. »Aber wenn wir nichts auf das Gerede der Leute gäben, wie könnten wir dann all das, was wir Ihnen erzählen, wissen – wie Ihnen helfen?«

»Aber keiner wird Sarah und Annabelle heiraten, wenn Sie geredet haben.«

»Doch, doch«, unterbrach Jenny grimmig. »Sie haben eine große Mitgift. Es gibt Burschen, die würden einen Affen heiraten, wenn sie nur glauben, er ist reich.«

»Und wenn ich mir manche Matronen anschaue«, warf Dave lebhaft ein, »dann haben sie es auch getan.«

»Nein«, sagte Harriet und schüttelte den Kopf. »Ich kann nicht glauben, daß die Mädchen versuchten, mich in den ›Krähenhorst‹ zu locken. Ich kann es nicht zulassen, daß man über sie klatscht, bevor ich einen Beweis habe.«

»Welchen Beweis brauchen wir denn noch?« fragte Alice.

»Ich weiß etwas«, sagte Rainbird. »Jenny, hol Emily herunter. Sie ist diejenige, die den Klatsch verbreitet hat. Ich werde sie dazu bringen, daß sie uns den Grund dafür nennt. Es tut mir leid, Miss Metcalf, aber ich bin überzeugt davon, daß sie sagen wird, daß sie den Befehl dazu hatte.«

Mrs. Middleton raffte sich aus ihrem erstarrten Zustand auf. »Ein Brandy für Miss Metcalf wäre nicht schlecht, glaube ich, Mr. Rainbird, während wir auf Emily warten.«

Eine Flasche vom besten französischen Cognac wurde auf den Tisch gestellt. Harriet, die sich ausgebrannt vor Erregung und seltsam ruhig fühlte, merkte, daß nicht nur ihr Cognac eingeschenkt wurde, sondern allen Dienern, sogar dem kleinen Dave.

»Es ist jetzt drei Uhr morgens«, sagte sie. »Sie sollten alle längst im Bett liegen.«

»Wir bleiben immer auf, bis die Herrschaften schlafen«, sagte Rainbird. »Ah, da ist ja Emily.«

Das Mädchen setzte sich mit wütendem Blick an das untere Ende des Tisches und schaute Rainbird an. »Warum wird sie hinaufgeschickt, um mich aus dem Bett zu holen?« Dann sah Emily Harriet, und ein Ausdruck der Furcht trat in ihre Augen.

»Nun«, sagte Rainbird, »wir haben den sicheren Beweis, Emily, daß du üble Geschichten über Miss Metcalf in die Welt gesetzt hast. Haben Miss Sarah und Miss Annabelle dich dazu aufgehetzt?«

»Ich habe keine Lügen verbreitet«, sagte Emily trotzig. »Ich habe nur die Wahrheit erzählt. Ich habe es von mir aus getan.«

»Ist dir klar, was du da sagst?« fragte Rainbird. »Du wirst jetzt nicht nur entlassen, sondern du kriegst nie wieder eine Stelle.«

»Ich hab' schon eine«, sagte Emily und warf den Kopf zurück.

»Bei wem?«

»Das ist meine Angelegenheit.«

»Ist es bei der Dame, mit der man dich auf dem Shepherd-Markt gesehen hat?« fragte Jenny unvermittelt. »Mary, das Hausmädchen, das es mir erzählt hat, hat gesagt, so grüne Augen hat sie noch nie gesehen.«

»Jetzt fällt es mir ein«, sagte Lizzie aufgeregt, »die Dame, die Beauty vom Pferd geworfen hat, die, die bei Lord Huntingdon war, hatte grüne Augen.«

»Belinda Romney«, brachte Harriet mühsam hervor.

»Sieh mal einer an, junge Frau«, sagte Rainbird und stellte sich drohend vor Emily, »wenn Belinda Romney diesen Brief geschrieben hat, um Miss Metcalf in den ›Krähenhorst‹ zu locken, dann sagst du es besser gleich. Wenn du nicht mit uns sprechen willst, dann wirst du mit den Detektiven der Bow Street reden.«

»Das dürfen Sie mir nicht antun«, sagte Emily und wurde blaß. »Sie hören unsereins nie an. Sie würden mich nach Amerika schikken. Sie brauchte nur zu sagen, daß sie nichts davon wüßte.«

»Dann sag es uns«, forderte Rainbird sie auf.

Zu Tode erschrocken rückte Emily mit ihrer Geschichte heraus. Die Mädchen schickten sie oft weg, um etwas für sie zu besorgen. Mrs. Romney war ins Gespräch mit ihr gekommen und hatte sie gefragt, ob sie die Zofe der Misses Hayner sei. Sie hatte es irgendwie immer geschafft, aufzutauchen, wenn Emily in einem Geschäft oder Kaufhaus war. Emily redete gerne, und Mrs. Romney hörte offensichtlich gerne zu. Mrs. Romney sagte beiläufig, daß Harriet ihr Lord Huntingdon weggeschnappt habe. Emily hatte auch mit ihrer Deutung der Beziehung von Harriet und Sir Benjamin nicht hinter dem Berg gehalten. Eine Vertraulichkeit führte zur anderen. Mrs. Romney hatte gesagt, es würde Spaß machen, Harriet Kummer zu bereiten und ihr zu schreiben, daß die Zwillinge illegitime Kinder von Sir Benjamin seien. Wenn Harriet die Geschichte für bare Münze nahm und in den ›Krähenhorst‹ ging, dann würden sie ihr einen Schreck einjagen, und auch wenn sie nicht ging, würde sie der Gedanke, daß sie einen heimlichen Feind hatte, bekümmern.«

»Und als es nicht klappte, sondern Lord Huntingdon zu ihrer Rettung auftauchte«, fuhr Emily mit zitternden Händen fort, »wurde Mrs. Romney ärgerlich auf mich und sagte, wenn ich auf dem Land über sie geklatscht hätte, dann könnte ich auch in der Stadt über sie reden. Meine Herrinnen haben es nicht gewollt.«

Harriet stieß einen leisen Seufzer der Erleichterung aus. Belinda Romney mit ihrer zweifelhaften Moral und ihrem angeknacksten Ruf war ein Feind, den sie richtig einschätzen konnte.

»Sie hat mir zwanzig Pfund und eine Stelle versprochen, wenn ich meine Rolle gut spiele«, sagte Emily verzweifelt. »Oh, Miss Metcalf, zwanzig Pfund sind viel Geld für Leute wie mich.« Sie vergrub ihr Gesicht in den Händen und begann voller Reue zu weinen.

»Ich schlage vor, daß du auf der Stelle nach Upper Marcham zurückgehst«, sagte Harriet. »Ich will dich nicht mehr sehen.«

Rainbird nickte Jenny zu, die das weinende und keinen Widerstand leistende Mädchen hinausführte.

»Jetzt wollen wir einmal überlegen«, sagte Rainbird. »Wir müssen schnell handeln, um Klatsch mit Klatsch zu bekämpfen. Ganz London muß erfahren, wie boshaft Mrs. Romney ist, und zwar so bald wie möglich. Joseph, du beziehst zwischen White and Brooks in St. James Stellung und redest mit den wartenden Pferdeknechten und Lakaien. Alice, du gehst mit Jenny – Miss Metcalf leiht euch Hauben und Mäntel, so daß ihr wie Kammerzofen ausseht. Fahrt in einer Mietkutsche zu Almack und erkundigt euch nach Miss Metcalf. Tut so, als wüßtet ihr nicht, daß sie gegangen ist. Zeigt euch erschreckt und voller Angst. Geht in den Raum, in dem die Damen ihre Garderobe abgeben, und sprecht mit jedem, der euch zuhört. MacGregor, du gehst am besten zu Boodles. Es ist, wie du weißt, neben White und Brooks, aber Joseph wird alle Hände voll zu tun haben. Sprich mit den Kutschern und Dienern. Mrs. Middleton, Sie nehmen Lizzie mit und gehen zu Lady Bellamy. Sagen Sie, Sie suchten Ihre Herrin, und finden Sie einen Vorwand zu plaudern. Sie gibt einen Ball, und einige Leute sind vielleicht nach dem Ball im Almack noch zu ihr gegangen. Ich werde die Runde durch die Kaffeehäuser machen. Dave, du bewachst das Haus, während wir alle weg sind.«

Harriet hatte das unsichere Gefühl, daß sie protestieren sollte, aber die Angelegenheit schien ihr aus den Händen geglitten zu sein. Alice und Jenny folgten ihr in ihr Schlafzimmer hinauf und suchten sich, vor Aufregung kichernd, Hauben und Umhänge aus. Rainbird wartete ungeduldig auf der Schwelle und schickte Harriet dann zerstreut ins Bett, als ob sie eines der Hausmädchen wäre.

Harriet lag im Bett und hörte die Schritte und das Türenschlagen und die Geschäftigkeit, mit der sich die Diener von Nummer 67 fröhlich auf den Weg zu ihrem Klatschfeldzug machten. Wie konnte sie den Zwillingen am nächsten Morgen ins Gesicht sehen?

Jetzt war sie diejenige, die haßte. Daß sie über sie in Upper Marcham Lügen verbreitet hatten, statt ihr zu sagen, was sie von ihr dachten, war mehr, als sie verkraften konnte. Dieses Wissen schmerzte sie noch tiefer als das Wissen um Belindas Bosheit. Harriet hatte zwei der besten Partien auf dem Heiratsmarkt ausgeschlagen, und alles wegen Sarah und Annabelle. Bevor sie einschlief, dachte sie, daß Sir Benjamin Hayner seine eigenen Töchter aus dem einfachen Grund nicht geliebt hatte, weil sie keine liebenswerten Mädchen waren.

Der Marquis of Huntingdon war in eine Partie Whist bei Boodles vertieft. Boodles hatte ein großes Erkerfenster, von dem aus man die St. James's Street bequem überblicken konnte. Es gehörte zur Clubgeschichte, daß ein berühmter Marquis die Aussicht gerühmt hatte, weil es ihm gefiel, dazusitzen und »zuzuschauen, wie die blöden Leute naß werden«. Es war ein gemäßigterer Club als die politisch orientierten Brooks (liberal) und White (konservativ). Er war stolz auf einen »schmutzigen Raum«, in dem die Münzen ausgekocht und abgeschrubbt wurden, damit die Spieler saubere Hände behielten.

Der Marquis blickte gedankenverloren aus dem Fenster. Da stand doch einer der Diener von Nummer 67! Ein großer Mann, der mit seinem feuerroten Haarschopf aussah, als stamme er aus dem schottischen Hochland. Er sprach ernst zu einer gespannt lauschenden Zuhörerschaft von Kutschern und Lakaien. Es war MacGregor. Das letzte Mal hatte der Marquis den Koch gesehen, als dieser versucht hatte, Beauty zu fangen. Während er die Szene beobachtete, fuhr einer der Freunde des Marquis, Jimmy Fotheringay, in seinem Phaeton vor. Er sprang ab, erblickte die Gruppe von lauschenden Dienern und ging zu ihnen hin. Er stellte eine Frage. Die Gruppe teilte sich, damit MacGregor im Mittelpunkt blieb. Der Koch fuhr in seiner Rede fort und unterstrich seine Worte mit lebhaften Gesten.

Der Marquis wandte sich wieder den Karten zu. Zehn Minuten später stürmte Jimmy Fotheringay herein. Seine Augen suchten den Raum ab, bis er den Marquis erblickte.

»Huntingdon!« rief er aus. »So einen Skandal hast du noch nie gehört!«

»Laß mich in Ruhe«, sagte der Marquis. »Ich habe schon so viele Skandale in London erlebt, daß ich bis zum Ende meiner Tage genug davon habe.«

»Aber dieser betrifft die Dame, der du einen Heiratsantrag gemacht hast!«

Die anderen Spieler legten ihre Karten auf den Tisch und spitzten die Ohren.

»Du vergißt dich«, sagte der Marquis mit ruhiger Stimme.

»Aber sie ist die Zielscheibe eines ganz gemeinen Klatsches gewesen. Diese engelgleiche Lady ist von ihren zwei nichtsnutzigen Mündeln unschuldig an den Pranger gestellt und von Mrs. Romney beinahe umgebracht worden. Solche Gemeinheit ist mir noch nie untergekommen.«

Einer der Kartenspieler, Lord Targarth, hob seinen schweren Körper aus seinem Sessel. »Unsinn, Fotheringay«, sagte er schläfrig. »Huntingdon, du hast doch niemandem einen Heiratsantrag gemacht, oder?«

Hätte es sich um einen weniger ehrlichen und aufrichtigen Menschen als Jimmy Fotheringay gehandelt, hätte der Marquis vielleicht alle zur Ordnung gerufen und sich schlichtweg geweigert, über sein Privatleben zu sprechen. Aber seine Zuneigung zu dem überschwenglichen Jimmy, zusammen mit einer plötzlichen brennenden Neugierde, veranlaßten ihn zu sagen: »Ich habe um die Hand einer gewissen Miss Metcalf angehalten. Sie hat mich abgewiesen, und damit ist die Sache erledigt.«

»Aber nein«, rief Jimmy. Die Worte sprudelten nur so aus ihm heraus, er beschrieb die Eifersucht der Zwillinge, die Treulosigkeit der Kammerzofe und den Anschlag von Belinda Romney, die wollte, daß die arme kleine Miss Metcalf für immer im ›Krähenhorst‹ verschollen blieb.

Während sich immer mehr Herren um ihren Tisch versammelten, saß der Marquis ganz still da und verfluchte seine verstorbene Frau dafür, daß sie sein Gehirn so sehr vergiftet hatte, daß er nicht mehr fähig war, Güte und Tugend, wenn sie ihm begegneten, zu erkennen. Sein Benehmen vom Vorabend fiel ihm ein, und er errötete zum ersten Mal in seinem Leben. Er wollte aus dem Club zur Clarges Street laufen, in ihr Schlafzimmer eilen und um Vergebung bitten. Um ihn herum wurden die Stimmen immer lauter. Die Damen, die ihre Herren behaglich plaudernd im Club wähnten, hätten gestaunt, welche Blüten der Klatsch trieb, den diese Mitglieder der ersten Kreise unter die Leute brachten.

Innerhalb einer einzigen Stunde hatte Belinda Romney Meuchelmörder gedungen, die Harriet im ›Krähenhorst‹ umbringen sollten, und wahnsinnig vor Eifersucht hatten Sarah und Annabelle versucht, Harriets Morgenschokolade zu vergiften. Hatte der Koch das etwa nicht erzählt? Hatte ihnen der Koch nicht erzählt, welchen Verdacht er hegte und daß er der Küchenkatze ein bißchen Schokolade gegeben hatte? Und war das tapfere Tier etwa nicht zwei Minuten, nachdem es das giftige Gebräu aufgeleckt hatte, steif wie ein Brett umgefallen? MacGregor hatte nichts dergleichen gesagt, aber als diese Geschichte aus dem Club nach draußen drang, hielt er sie für eine wirklich schöne Geschichte und sagte, ohne mit der Wimper zu zucken, daß sie absolut wahr sei. Das Gerede und Kopfnikken wollte kein Ende nehmen.

Schließlich gelang es dem Marquis, seine Freunde zu überreden, weiterzuspielen.

Alle Hoffnungen, Harriet zur Frau gewinnen zu können, mußte er nun begraben. Er war, leichtgläubig wie eine senile Matrone, auf bösen Klatsch hereingefallen. Sie würde ihm niemals verzeihen. Keine Lady könnte das verzeihen.

Sarah und Annabelle ahnten, daß etwas nicht stimmte, als Jenny, und nicht Emily auf das Klingeln ihrer Glocken erschien. Emily, so sagte Jenny mit blitzenden Augen, sei weggeschickt worden. Obwohl sie Jenny gerne ausgefragt hätten, wagten es die Zwillinge nicht, weil ihre Neugierde durch Jennys ärgerlichen, ja wütenden Blick gedämpft wurde.

Als Sarah später aus dem Fenster schaute, sah sie, daß Blumensträuße und Geschenke ins Haus gebracht wurden. Sie stieß einen Freudenschrei aus: »Unsere Verehrer haben uns Geschenke geschickt. Wir wollen hinuntergehen. Wir fragen lieber Harriet, warum Emily gegangen ist.«

Harriet saß mit Miss Spencer im Salon. Rainbird und Alice brachten immer mehr Vasen herein. Zu Harriets Füßen lagen lauter Sträuße und Päckchen.

»Du hättest sie uns hinaufschicken sollen, liebe Harriet«, gurrte Sarah.

»Warum?« fragte Harriet barsch. »Sie sind alle für mich.«

»Das kann nicht sein«, rief Annabelle aus. »Keiner mag dich.«

»Die Londoner Gesellschaft weiß, daß Emily den ganzen boshaften Klatsch verbreitet hat«, sagte Harriet mit ungewohnt monotoner und harter Stimme. »Und auch, daß es Belinda Romney war, die mit Emilys Hilfe den Plan faßte, mich in den ›Krähenhorst‹ zu locken. Es ist auch herausgekommen, daß ihr beide Emily veranlaßt habt, über mich in Upper Marcham üblen Klatsch zu verbreiten. Wie konntet ihr einer Dienerin so viel Einfluß gewähren? Wie konntet ihr so tun, als ob ihr mich liebtet, wenn ihr mich in Wirklichkeit haßt? Ich mag euch beide nicht mehr. Nur weil ich euren Vater, Sir Benjamin, geliebt und geschätzt habe, fühle ich mich noch für euch verantwortlich. Geht auf eure Zimmer und wartet, bis ich euch rufe.«

Sie stand auf, und die Zwillinge schreckten auf der Schwelle zurück und klammerten sich aneinander.

»Es ist deine eigene Schuld«, rief Sarah. »Du hast Papa gegen uns aufgebracht. Er hat dich lieber gehabt als uns. Wir hassen dich.«

»Ich weiß«, sagte Harriet ruhig. »Aber es macht mir nichts aus. Geht!«

Sie zeigte zur Tür. Beauty ging auf die Zwillinge zu und fletschte knurrend die Zähne.

Sie quietschten vor Schreck, machten kehrt und flohen.

»Ich muß hier raus, Josephine«, sagte Harriet. »Die Atmosphäre in diesem Haus macht mich krank.«

»Dann wollen wir einen Spaziergang im Park machen«, sagte Miss Spencer. »Du mußt mir alles noch einmal erzählen, Harriet, denn ich kann es noch gar nicht recht begreifen. Aber laß das schreckliche Tier hier. Er sieht noch böser aus als beim letzten Mal.«

Es war ein grauer, trauriger, nebliger Morgen, und von den Bäumen im Green Park fiel das Wasser in kleinen Tropfen. Harriet und Miss Spencer gingen bis zum Buckingham House und von da aus weiter in den St. James's Park. Harriet berichtete alles, was geschehen war, während Miss Spencer sich auf dem Land aufgehalten hatte.

»Dieser Lord Huntingdon ist wirklich ein Ungeheuer!« rief Miss Spencer aus. »Wie kann er nur so etwas sagen! Harriet, du mußt für mich in Nummer 67 ein Bett finden, weil ich dafür sorgen will, daß der Mann nie wieder in deine Nähe kommt. Du bist diejenige, die eine Anstandsdame braucht.«

Harriets Wangen überzogen sich mit einer sanften Röte, und sie ließ den Kopf hängen.

»Also, was habe ich gesagt?« rief Miss Spencer aus. »Harriet, du wirst doch nicht etwa behaupten wollen, daß du für diesen Unmenschen je Zuneigung empfunden hast.«

»Josephine, es gibt Dinge, über die eine Lady nicht spricht, Dinge, die eine Lady nicht einmal empfinden sollte. Ich kann es nicht erklären«, sagte Harriet.

»Ich bin es doch, deine Freundin Josephine. Es gibt nichts, was du über dich sagen könntest, was mich schockieren würde.«

Doch Miss Spencer *war* schockiert und höchst erstaunt, als Harriet leise das seltsame körperliche Verlangen, das sie schon beim bloßen Anblick des Marquis überkam, beschrieb. Das Feuer der Leidenschaft hatte in Miss Spencers keuscher Brust nie lodernd gebrannt. Ladies hatten nun einmal zartere Gefühle. Männer waren triebhaft – die Untiere! Jedermann wußte das.

»Nun«, sagte sie schroff, »ich werde dennoch zu dir ziehen. Vielleicht braucht Harriet Metcalf eine Anstandsdame, die sie vor Harriet Metcalf beschützt!«

Da Harriet noch keine Lust hatte, in die Clarges Street zurückzukehren und die haßerfüllten Augen der Zwillinge zu sehen, schlug sie vor, sich zu einer erfrischenden Eiscreme zu Gunter am Berkeley Square zu begeben. So waren mehr als zwei Stunden vergangen, als Harriets widerstrebende Schritte sie zurück zur Nummer 67 führten.

Sarah und Annabelle waren abgereist. Ein gehässiger Brief, in dem sie Harriet an allem die Schuld gaben, war alles, was sie zurückgelassen hatten. Sie wollten, so schrieben sie, bei ihrer Tante in Bath wohnen, wo ihnen die gute Luft und die sympathischen Leute vielleicht helfen würden, Harriets Herzlosigkeit zu vergessen.

»Das war's denn also«, sagte Harriet müde. »Ich gehe besser nach Upper Marcham zurück.«

»Warum?« wollte Miss Spencer wissen. »Die Miete für dieses Haus ist bezahlt, du hast diese wunderbare Dienerschaft, die dich unterstützt. Liebe Harriet, ich habe mein gutes Auskommen, und ich habe mir schon immer Zutritt zur Gesellschaft gewünscht. Meine Verwandten sind Landadlige, wie du weißt, gehören aber nicht zu den allerersten Kreisen. Ich sehe auf deinem Kaminsims jede Menge Einladungen. Laß mich deine Anstandsdame sein, Harriet. Wir könnten so viel Spaß haben«, fügte sie sehnsüchtig hinzu.

Aber Harriet war entschlossen, in ihr Cottage zurückzukehren, und erst nach langem Hin und Her gab sie nach und erklärte sich einverstanden, wenigstens noch eine Woche zu bleiben.

Danach hatte Harriet wenig Zeit, mit Miss Spencer zu sprechen, denn es kamen Besucher in Scharen.

Der Marquis of Huntingdon kam um fünf Uhr und fand die Clarges Street voller Kutschen und Miss Metcalf belagert von Gratulanten. Er versuchte, sich bei ihr zu entschuldigen, ihr zu sagen, wie sehr er sein Benehmen bedauerte, aber angesichts der vielen lauschenden Ohren konnte er nicht frei und offen sprechen. Enttäuscht verabschiedete er sich. Sie schaute kurz zu ihm, als er ihr Lebewohl sagte, ihre blauen Augen blickten müde und resigniert. Ihre Augen haben sich verändert, dachte er traurig. Sie haben diesen Blick vertrauensvoller Unschuld verloren.

12

Nach diesem dramatischen Beginn der Saison erwartete Harriet, daß ihre aufregenden Abenteuer weitergingen, aber nach einer Woche verlief das Leben wieder in ruhigen Bahnen, sofern es während der Londoner Saison überhaupt für jemanden ruhig verlaufen kann. Der Anwalt, Mr. Gladstone, gab in seinem Antwortschreiben auf Harriets Brief seinem Entsetzen über das Verhalten der Zwillinge Ausdruck und unterstützte Miss Spencers Vorschlag voll, daß Harriet in London bleiben und die Saison genießen sollte. Er schrieb, die Hayner-Mädchen seien in Bath gut aufgehoben und von heiratsfähigen Verehrern umringt.

Anfangs war Harriet nicht imstande, sich zu amüsieren. Sie machte sich ganz und gar nichts aus der neuen Situation, eine Berühmtheit zu sein, und wäre nach Upper Marcham zurückgekehrt, wenn die große Welt sich nicht schnell anderen Dingen und anderen Skandalen zugewandt und aufgehört hätte, ihr das Leben zur Last zu machen.

Zu ihrem Erstaunen bemerkte Harriet, daß es eine erstaunliche Anzahl respektabler Gentlemen in der Gesellschaft gab, die sich nicht im geringsten durch ihre fehlende Mitgift davon abhalten ließen, ihr den Hof zu machen. Jetzt, wo sie ihren Platz unter den Anstandsdamen an Miss Spencer abgegeben hatte, stellte sie fest, daß sie nie ohne Tanzpartner oder Begleiter war.

Miss Spencer drängte sie, einen dieser vermögenden Gentlemen zu heiraten und auf diese Weise ihre Zukunft zu sichern. Aber Harriet hielt sich nicht für gut genug, die Braut eines achtbaren Gentleman zu sein. Sie sehnte sich nach der Gesellschaft des Marquis von Huntingdon. Das Verlangen nach ihm war wie Fieber im Blut, und sie träumte viele schockierende Träume über ihn.

Im Moment hatte der Marquis jedoch nichts an sich, was leidenschaftliche Phantasien in der Brust einer Frau erregen konnte. Er hatte so furchtbar gegen Belinda gewütet, daß sie die Hauptstadt bis zu einem fernen Zeitpunkt verlassen hatte, an dem sie das Gefühl haben würde, sich wieder zeigen zu können. Sie sagte, sie habe nicht geglaubt, daß Harriet wirklich in den ›Krähenhorst‹ gehen würde, und der Marquis wußte nicht, daß die schlaue Emily Belinda erzählt hatte, daß die naive Harriet ganz bestimmt, ohne nachzudenken, hineilen würde.

Er war betont höflich und korrekt, wenn er Harriet in der Oper oder auf einem Ball begegnete. Er bat sie sogar gelegentlich, wenn auch selten, um einen Tanz, aber immer um einen Volkstanz, bei dem man genausoviel Zeit damit verbrachte, mit den anderen Herren in der Gruppe zu tanzen wie mit seinem eigenen Partner. Er forderte sie nie zum Walzer auf. Die Tatsache, daß er auch nie ein anderes Mädchen um einen Tanz bat, war für Harriet ein kleiner Trost, die sich qualvoll danach sehnte, seine Hand um ihre Taille zu fühlen, und sich gleich wieder selbst tadelte für ihre Begierde, die einer Lady nicht würdig war.

Unmittelbar nach der Abreise der Zwillinge hatte sie der Dienerschaft gegenüber ein unsicheres Gefühl. Hatte ihr Verhalten ihnen vielleicht den Eindruck vermittelt, sie könnten nun ganz zwanglos mit ihr verkehren? War es richtig gewesen, sie so sehr ins Vertrauen zu ziehen? Doch alle Diener benahmen sich korrekt und behandelten sie mit großem Respekt.

Jeden Vormittag unterrichtete sie Lizzie und freute sich über die Begeisterung und den Lerneifer des Küchenmädchens.

Zunächst schien das Ende der Saison in weiter Ferne zu liegen. Dann kam es auf einmal in einem fieberhaften Wirbel von Bällen, Abendgesellschaften und Picknicks näher. Fünf respektable Gentlemen hielten um ihre Hand an. Fünf erhielten von Miss Spencer die Erlaubnis, Harriet den Hof machen zu dürfen, und alle fünf waren enttäuscht, als die schöne Miss Metcalf ihren Antrag traurig zurückwies.

»Was erwartest du denn von einem Ehemann?« rief die erbitterte Miss Spencer aus. Aber Harriet brachte es nicht mehr übers Herz, ihrer Freundin ihre Gefühle für den Marquis anzuvertrauen.

In der Zwischenzeit erhielt der Marquis einen langen Brief von Lord Vere, der voll von begeisterten Schlachtenschilderungen war. Er fügte hinzu, er sei der reizenden Miss Metcalf dankbar, daß sie der Grund gewesen sei, dem langweiligen Leben in London den Rücken zu kehren.

Der Marquis las den Brief noch einmal nachdenklich. Er hatte sich oft gefragt, ob es dem armen Gilbert gegenüber, der offensichtlich so furchtbar unter der Zurückweisung durch Harriet Metcalf litt, unfair sei, ihr den Hof zu machen.

Das Ende der Saison stand vor der Tür, sinnierte der Marquis, einer Saison, in der er nichts anderes getan hatte, als sich nach Harriet Metcalf zu verzehren. Er hätte sie gern gefragt, ob sie mit ihm eine Spazierfahrt machen wollte, aber er hatte Angst davor, mit ihr allein zu sein, er fürchtete ihre Verachtung, denn schließlich war es seine Mätresse gewesen, die ihr beinahe Schaden zugefügt hätte.

Er machte nur dann einen Besuch in Nummer 67, wenn er wußte, daß auch noch andere Besucher da waren. Er beobachtete Harriet, wenn er wußte, daß ihre Aufmerksamkeit von anderen Leuten in Anspruch genommen war. Dann betrachtete er entzückt den Glanz ihrer Haare, die weiblichen Rundungen ihrer Figur und den feinen Schwung ihres Handgelenks.

Aber Rainbird, der gerade Gebäck und Wein servierte, drehte sich eines Nachmittags plötzlich um und erhaschte den sehnsüchtigen Blick in den Augen des Marquis.

Miss Metcalfs finanzielle Situation war den Dienern wohlbekannt. Sie konnten nicht verstehen, warum sie nicht einen der gediegenen und würdigen Verehrer, die sie um ihre Hand gebeten hatten, heiraten wollte.

Rainbird fand einen Vorwand, sich im vorderen Salon nützlich zu machen, bis sich der Marquis of Huntingdon verabschiedete. Er sah den sorgsam beherrschten Blick in Harriets Augen, als sie zum Abschied vor ihm knickste, und bemerkte dann, daß alles Leben aus ihr gewichen schien, als er gegangen war.

Als an diesem Abend Harriet und Miss Spencer zu einer Gesellschaft bei den Bellamys in der Curzon Street gegangen waren und Joseph mit dem Auftrag zurückgeschickt hatten, sie in einer Stunde abzuholen, versammelte Rainbird alle Diener um sich und erläuterte ihnen das Problem. Miss Metcalf, so sagte Rainbird, sei in den Marquis of Huntingdon verliebt. Der Marquis sei in Miss Metcalf verliebt, aber offenbar kämen sie nicht zusammen wegen der unglücklichen Situation, die der Marquis an jenem Abend geschaffen habe, als er glaubte, Miss Metcalf sei eine Dirne.

Deshalb, so fuhr Rainbird fort, folge daraus ganz klar, daß etwas geschehen müsse.

»Es ist wirklich zu schade, daß wir sie nicht einfach zusammen auf ein Bett schmeißen können und die Tür zusperren«, meinte Angus MacGregor.

»Sei nicht vulgär«, fuhr ihn Rainbird an, der den schockierten Ausdruck auf Mrs. Middletons Gesicht sah.

»Warum sollen wir uns den Kopf zerbrechen?« sagte Joseph gedehnt. »Sie wird bald wieder weg sein, und das wird für gewisse Leute bedeuten, daß sie die Vorstellung, sich über ihren Stand erheben zu können, begraben müssen.« Er warf einen glühenden Blick in Lizzies Richtung und mußte wütend feststellen, daß sich ihre Augen nicht mehr mit Tränen füllten, wenn er sie aufzog.

»Warum wir uns den Kopf zerbrechen sollen, du eitler Fant?« sagte Jenny. »Weil sie uns gut bezahlt hat und immer freundlich und nett war, was man von Leuten wie dir, Joseph, ganz und gar nicht behaupten kann.«

»Mit Streiten lösen wir das Problem nicht«, sagte Rainbird ungeduldig. »Sogar der verdammte Hund ist sanft wie ein Lamm geworden. Du gibst ihm zuviel Futter, Angus. Er schläft den ganzen Tag. Warum beißt er Lord Huntingdon nicht wieder, und sie könnte sich ihm in die Arme werfen oder die Wunde verbinden?«

»Nicht, wenn es wieder in den Hintern ist«, sagte der Koch und wieherte wie ein Pferd vor Lachen.

Mrs. Middleton glaubte fest daran, daß Liebesbriefe viel vermochten. »Warum schicken wir ihm nicht einen Brief – einen sehr... hmm... herzlichen Brief, der angeblich von Miss Metcalf kommt – und bitten ihn, sie zu besuchen, sagen wir einmal, morgen abend um zehn Uhr? Da wird sie von der Gesellschaft bei den Franklyns zurück sein, und zu der musikalischen Soiree bei den Phillips wird sie nicht vor Mitternacht aufbrechen.«

»Selbst wenn das klappt«, sagte Rainbird, »was machen wir mit Miss Spencer? Wie werden wir sie los?«

»Wir binden sie an«, schlug Dave fröhlich vor.

»Miss Spencer mag Mr. Rainbird sehr gern«, sagte Lizzie. »Wir könnten sie herunterbitten und sie eine Weile aufhalten. Eine gute Flasche Wein schätzt Miss Spencer auch sehr.«

»Aber Miss Metcalf würde sich wundern, wenn Sie Miss Spencer mitnehmen«, gab Alice zu bedenken, »und sie kommt womöglich herunter, um zu sehen, was hier los ist. Und wenn dann Seine Lordschaft kommt, geht Miss Spencer auch mit hinauf.«

»Ich glaube, ich könnte es so einrichten, daß ich Miss Spencer heimlich treffe«, sagte Rainbird mit lustigem Augenzwinkern. »Es ist kein großartiger Plan, aber solange uns nichts anderes einfällt, sollten wir ihn lieber ausprobieren.«

Sie blieben lange auf und grübelten über die verschiedensten Pläne nach. Schließlich einigten sie sich doch auf Mrs. Middletons Vorschlag. Rainbird rannte nach oben, um gutes Briefpapier und das einfache Siegel, das Harriet für ihre Briefe benutzte, zu holen.

Mrs. Middleton zog die Kerze näher zu sich heran und begann zu schreiben. Sie stellte sich vor, daß sie an Rainbird schrieb, und der blumenreiche Erguß, den sie zu Papier brachte, erntete reiches Lob.«

»Mein lieber Huntingdon«, hatte Mrs. Middleton geschrieben, »ich werde bald aufs Land zurückkehren und will nicht gehen, ohne dem, dem ich schon lange vergeben habe, dem, an den ich täglich denke, Lebewohl zu sagen. Wenn Sie meine zärtlichen Worte nicht anwidern, wenn Sie den Wunsch haben sollten, die herzlichen Zeichen meiner Hochschätzung entgegenzunehmen, wenn Sie mir die Erlaubnis gewähren wollen, Ihnen ein zartes Lebewohl zu entbieten, dann stellen Sie sich bitte um zehn Uhr abends hier ein. Ihre untertänige und gehorsame Dienerin, H. Metcalf.«

»Wunderbar!« sagte Rainbird. »Joseph soll den Brief gleich morgen früh hinbringen.«

»Lesen Sie ihn vor«, bat Dave.

Der Butler las den Brief vor; die Damen seufzten, aber der Koch sagte: »Er wird sich denken, daß er nicht von ihr kommt. Er ist nicht elegant genug.«

Mrs. Middleton schaute so unglücklich wie ein Dichter, der gerade in der *Edinburgh Review* von einem Kritiker verrissen worden ist. Die anderen eilten ihr zu Hilfe, und Angus erhielt den Befehl, sich zu trollen und in seine Kochtöpfe zu gucken.

Am nächsten Morgen klopfte Rainbird, der sich bei Jenny davon überzeugt hatte, daß Miss Spencer bereits aufgestanden und angezogen war, an ihre Schlafzimmertür. Vor Rainbird war nie ein Mann in Miss Spencers Gesichtskreis aufgetaucht, der sie manchmal dazu brachte, ihren Status als alte Jungfer zu bedauern. Sie mochte seine blitzenden grauen Augen und sein Gesicht eines Komödianten. Sie mochte seinen drahtigen Körper. Sie mochte die Art, wie der Butler, ohne auch nur einen Zoll vom rechten Wege abzugehen, ihr das Gefühl gab, eine interessante und anziehende Frau zu sein. Als Rainbird sie daher fragte, ob sie am Abend um Viertel vor zehn Uhr in die Gesindestube hinabkommen wolle, damit er sie in einer persönlichen Angelegenheit um ihren weisen Rat bitten könne, stimmte sie bereitwillig zu. Als er hinzufügte, es wäre ihm lieber, wenn sie die Sache nicht vor Miss Metcalf erwähnen würde, denn obgleich Miss Metcalf eine echte Lady sei, habe sie doch nicht Miss Spencers Weltläufigkeit, versprach Miss Spencer, sehr neugierig gemacht, Harriet nichts davon zu erzählen.

In seiner besten Livree überreichte Joseph den gefälschten Brief im Stadthaus des Marquis. Angus MacGregor hatte recht. Der Marquis glaubte keine Minute daran, daß der Brief von Harriet stammte, und fragte sich, ob Belinda wieder in London sei und ein neues Komplott ersann. Er wollte Harriet gerade den Brief mit einem Begleitschreiben, in dem er seinen Verdacht erläuterte, schicken, als er sich überlegte, daß er ein guter Vorwand sein könnte, sie unter vier Augen zu sprechen. Er wußte, sie würde London in den nächsten Tagen verlassen, und konnte die Vorstellung nicht ertragen, daß sie ging, ohne wenigstens kurz mit ihm gesprochen zu haben. Der Brief kam ihm wie gerufen; er würde so tun, als ob er glaubte, daß er wirklich von ihr stammte. Als der Tag vorrückte, siegte das Verlangen zu glauben, sie habe ihn geschrieben, über seinen gesunden Menschenverstand, und als es schließlich zehn Uhr war, mußte er feststellen, daß er zitterte wie ein Schuljunge, so daß er eine mißlungene Halsbinde nach der anderen wegwerfen mußte, ehe er den gewünschten Effekt erzielte.

Miss Spencer war anfangs verstimmt, als sie die Gesindestube voller Diener vorfand. Aber Rainbird bat sie in den Salon der Haushälterin, der auf halbem Wege nach oben lag, und sagte, Mrs. Middleton habe sich netterweise einverstanden erklärt, ihnen den Raum zu überlassen.

Die anderen Diener hatten strenge Anweisungen, das Haus zu verlassen, sobald der Marquis in den Salon gebeten war. Joseph sollte Beauty mitnehmen.

Um fünf vor zehn hatte sich Rainbird die volle Aufmerksamkeit von Miss Spencer gesichert. Mit einem Glas guten Bordeaux in der Hand lauschte sie sämtlichen Abenteuern und Unglücksfällen, die sich in Nummer 67 zugetragen hatten. Zu dem Rat, den der Butler von ihr brauchte, würde er ohne Zweifel bald kommen. Aber bis es soweit war, war es angenehm, in dem gemütlichen Salon zu sitzen und diesem amüsanten und attraktiven Butler zuzuhören. Eigentlich durfte sie nicht lange bleiben, aber Harriet konnte ja im vorderen Salon klingeln, wenn sie sie brauchte, und sie bitten zu kommen. Miss Spencer lehnte sich zurück, um alles besser genießen zu können.

Der Marquis wurde von Joseph empfangen und in den vorderen Salon gebeten. Joseph verbeugte sich und sagte, er wolle Miss Metcalf holen.

Er traf Miss Metcalf auf der Treppe an. Sie hatte sich umgezogen und fuhr überrascht zusammen, als Joseph ihr sagte, der Marquis von Huntingdon warte auf sie.

»Miss Spencer ist da, hoffe ich?« fragte Harriet.

»Ja«, sagte Joseph und dachte, daß das nicht direkt gelogen sei, denn Miss Spencer war im Salon der Haushälterin, und Miss Metcalf hatte nicht gefragt, ob Miss Spencer im vorderen Salon sei.

Dann rannte Joseph die Treppen hinunter und gesellte sich zu den anderen. Wie eine kleine Armee auf dem Vormarsch schlichen sie alle die Außentreppe hinauf, nicht ohne Beauty vorher durch einen großen Knochen, den er nun im Maul trug, besänftigt zu haben. Schweigend gingen sie in die Nacht hinaus.

»Mylord!« rief Harriet aus, als sie sah, daß der Marquis allein war. »Bitte setzen Sie sich, während ich Miss Spencer hole.«

Harriet läutete die Glocke neben dem Kamin. Aber Rainbird hatte die Klingel in den Wirtschaftsräumen abgestellt, damit Miss Spencer nicht durch irgendwelche schrillen Töne mißtrauisch gemacht wurde.

»Sie wird gleich da sein«, sagte Harriet und ärgerte sich über ihre Unruhe. Schließlich war das Haus voller Diener.

»Ich bin gekommen«, sagte der Marquis, stand wieder auf und begann auf und ab zu schreiten, »weil ich diesen merkwürdigen Brief bekommen habe, der angeblich von Ihnen ist.«

Er blieb stehen und händigte ihn ihr aus.

Harriet las ihn genau. »Nein«, sagte sie. »Ich habe ihn nicht geschrieben.«

Er fühlte sich niedergeschlagen und unglücklich.

»Trotzdem, Miss Metcalf, bin ich hier, und es ist seit damals das erste Mal, daß ich Sie allein sehe, und deshalb möchte ich mich aufrichtig und von ganzem Herzen dafür entschuldigen, daß ich damals so brutal war. Zwar habe nicht ich diesen Brief geschrieben, aber er drückt – wenn auch schlecht – meine eigenen Gefühle aus. Ich konnte es nicht ertragen, Sie gehen zu lassen, ohne Ihnen Lebewohl zu sagen.«

»Ich habe Ihnen schon lange vergeben«, sagte Harriet und zupfte nervös an ihrem Musselinkleid. Sie hatte sich blaue Blumen in ihr Haar geflochten und sah so jungfräulich und gleichzeitig so verführerisch aus, daß ihm klar wurde, daß er schnell gehen mußte, bevor er sich vergaß.

»Miss Metcalf«, sagte er. »Ich habe einmal um Ihre Hand angehalten. Ich fand Sie... anziehend, anziehender als alle Frauen, die ich bisher kennengelernt habe. Aber ich habe Sie nur haben wollen, wie ein verwöhntes Kind Süßigkeiten haben will. Sie müssen nicht befürchten, daß ich Ihnen meine unwillkommenen Aufmerksamkeiten wieder aufdränge. Sie sind die Ehrlichkeit und Reinheit in Person, und Sie sind zu gut, um sich an Männer wie mich zu binden.«

»Sie tun sich unrecht, Sir«, sagte Harriet.

»Es sind Sie, und nur Sie, die mir das Gefühl gibt, ein besessenes Monster zu sein.«

»Ich halte Sie nicht für ein Monster«, sagte Harriet leise. Sie hatte Mitleid, und zugleich fühlte sie ein heißes Verlangen. Sie stellte sich auf die Zehenspitzen, um ihm einen Kuß auf die Wange zu geben. Er drehte überrascht den Kopf, und der Kuß landete geradewegs auf seinem Mund. Er versuchte verzweifelt, sich zu beherrschen, aber seine Arme umschlangen sie wie stählerne Bänder, und er preßte seinen Mund fest auf ihre Lippen. Er küßte sie verzweifelt und zog ihren weichen, nachgiebigen Körper an sich. Seine Leidenschaft riß ihn fort, und er merkte gar nicht, daß sich die bisher keuschen Lippen unter seinen Küssen öffneten und ihr Körper vor heftiger Erregung zitterte.

Mit einem plötzlichen Aufschrei löste er sich von ihr. »Vergeben Sie mir!« rief er und eilte auf die Tür zu.

»Huntingdon!« schrie Harriet und packte ihn am Ärmel. »Sie können mich nicht einfach so verlassen. Küssen Sie mich noch einmal.«

Er nahm sie in die Arme. Sie schloß die Augen, als seine Lippen zärtlich ihr Gesicht liebkosten und seine Hand sich um ihre Brust schloß.

»Harriet!« Miss Spencer sprang auf. »Ich habe Harriet schreien hören.«

»Es war jemand auf der Straße, meine Angebetete«, sagte Rainbird.

Miss Spencer stand da und starrte ihn mit offenem Mund an. Sie fragte sich, ob sie das Kosewort gehört oder es sich nur eingebildet hatte. Rainbird schickte ein Stoßgebet zum Gott der Liebe empor, ihm Mut zu verleihen. Alles, was er brauchte, war die Kraft, die nächste halbe Stunde durchzustehen. Bis dahin würde das Paar oben bestimmt zu irgendeiner Lösung gekommen sein.

»Ich bin ein einfacher Diener, Miss Spencer. Ich bin verheiratet«, log Rainbird. »Meine arme Frau lebt auf dem Land, und obwohl ich sie nicht liebe, kann ich sie nicht verlassen.«

»Aber Diener können doch nicht heiraten«, sagte Miss Spencer.

»Ich habe sehr jung geheiratet, bevor ich eine Stellung annahm«, fuhr Rainbird fort. »Ich wußte, daß Sie bald weggehen und… und… ich wollte ein bißchen mit Ihnen zusammensein. Wenn Sie meine Anmaßung abstößt, dann verlassen Sie mich bitte.«

»Oh, Rainbird.« Miss Spencer seufzte und ging mit ausgestreckten Armen auf ihn zu. »Wie könnte ich Sie jetzt verlassen?«

»Ich kann dich nie mehr verlassen, Harriet«, sagte der Marquis. »Ich will dich nicht mit meiner heftigen Liebe erschrecken, aber du mußt mich heiraten.«

Harriet verbarg ihr Gesicht an seiner Brust und sagte schüchtern:

»Oh, Huntingdon, die Stärke meiner Gefühle für dich erschreckt mich!«

Der vor Liebe trunkene Marquis küßte sie wieder und wieder und wieder. Sie sanken zu Boden, ohne die Lippen voneinander zu lösen. Dann stützte sich der Marquis auf einen Ellenbogen und schaute seine Geliebte voller Zuneigung an. In diesem Moment spürte Harriet eine sanfte Brise vom Fenster her über ihre entblößte Brust wehen.

»Wir sind völlig verrückt«, sagte sie, sich aufsetzend und ihr Kleid wieder über die Schultern ziehend. »Josephine wird jeden Moment hereinkommen.«

»Werden wir bald heiraten?« fragte er.

»Ja«, sagte Harriet. »Ganz bald.«

Er stand auf und zog sie zu sich herauf. Dann half er ihr zärtlich, ihr zerzaustes Haar in Ordnung zu bringen.

»Dann werden wir uns bis dahin anständig benehmen«, sagte er. Er lauschte ins Haus hinein, weil es so ungewöhnlich still war, dann lachte er. »Ich weiß, wer den Brief geschrieben hat, mein Liebling. Du hast die besten Diener der Welt.«

»Vielleicht Josephine – Miss Spencer ...?«

»Nein, sie hält von Männern wie mir nichts, und sie würde von dir auch nichts halten, mein Engel, wenn sie dich so in meinen Armen sähe.«

Die guten Geister aus der Clarges Street saßen im Green Park unter dem Sternenhimmel und fragten sich, wie Rainbird zurechtkam und ob ihr Plan geklappt hatte. Beauty lag schnarchend mit dem Kopf in Lizzies Schoß.

»Es war eine wunderbare Saison«, sagte Lizzie sanft. »Ich fühle mich wie ein anderer Mensch. Man fühlt sich anders, wenn man gebildet ist. Ich kann jetzt fast die ganze Zeitung lesen.«

»Du wirst weggehen und uns verlassen«, sagte Joseph. »Und wen kümmert das? Mich jedenfalls nicht.«

Lizzie lächelte ein bißchen, lehnte sich nach vorn und legte ihre Hand auf Josephs Arm. Er bedeckte ihre Hand mit seiner und blickte zu den Sternen hinauf. Sein Gesicht war grimmig, aber er ließ ihre Hand nicht los.

»Meint ihr, wir werden je frei sein?« seufzte Alice. »Ich und Jenny, wir hatten so nette Burschen, die sich für uns in Brighton interessierten. Aber sie waren Soldaten ohne Geld, wie sollten sie uns denn ernähren? Nicht, daß sie überhaupt von Heiraten gesprochen haben. Trotzdem, es wäre doch was, mit einem hübschen Kerl ausgehen zu können, meinst du nicht, Jenny?«

»Hm, eine von euch kann ja mich heiraten, wenn wir unser Gasthaus kriegen«, sagte Angus MacGregor. Darauf brachen sie alle in schallendes Gelächter aus, vor allem als Angus sagte, er sei mit jeder von ihnen zufrieden.

»Mr. Rainbird sagt, noch so eine Saison wie diese, und wir sind auf dem besten Weg, unser Wirtshaus aufzumachen«, sagte Dave. »Wie wollen wir es nennen?«

Sie diskutierten ihr Lieblingsthema – nämlich den Namen für das Gasthaus –, während sich in Nummer 67 Rainbird mannhaft mühte, Miss Spencer zu beschäftigen, und der Marquis of Huntingdon versuchte, sich einzureden, daß er nach noch einem Kuß... und noch einem... und noch einem gehen konnte.

Am Ende der Saison war Miss Spencer die erste, die Abschied nahm. Harriet reiste mit dem Marquis am selben Tag zu einer späteren Stunde, um die Eltern des Marquis, den Duke und die Duchess of Parveter, zu besuchen.

Harriet und die Diener standen auf den Eingangsstufen, um Miss Spencer nachzuwinken.

Miss Spencer umarmte Harriet, dann gab sie den Dienern einen männlich festen Händedruck, und zuletzt wandte sie sich an den Butler.

»Leben Sie wohl, Rainbird«, sagte sie. Ihre Augen hatten einen warmen Glanz, und ihr gegerbtes Gesicht wurde ganz weich, als sie ihn anschaute. »Vielen Dank... oh, vielen Dank für alles.«

Rainbird schaute sie an, rückte ein wenig von den anderen Dienern ab, und zu ihrer Überraschung sah Harriet ihn mit einem Auge zwinkern.

Am Nachmittag war es Harriet, die Abschied nehmen mußte. Sie hatte Lizzie mitnehmen wollen und ihr die Stellung einer Zofe versprochen, aber Lizzie hatte unter vielen Tränen abgelehnt. Sie wußte, daß die anderen zusammenbleiben würden, und sie wollte bei ihnen sein, wenn sie es alle schafften, frei zu sein.

Sie waren geschmeichelt und erfreut, als sie nicht nur einen Beutel mit Goldstücken, sondern auch einen herzlichen Händedruck empfingen. Sie halfen Harriet und Beauty, der die Fetzen des Seidenbands zerkaute, das ihm Harriet um den Hals gebunden und das er sofort zerrissen hatte, in die Kutsche. Der Marquis stand mit einem Fuß auf den Stufen und schaute die aufgereihten Diener an. Seine Augen wanderten von einem zum anderen, bis sie schließlich an Mrs. Middleton hängenblieben.

»Ein ausgezeichneter Brief, Mrs. Middleton«, sagte er. »Sie haben bestimmt Ihr Herz hineingelegt.«

Mrs. Middleton ließ ein erstaunlich mädchenhaftes Kichern hören und verbarg ihr Gesicht in den Händen.

Die Kutsche bog in den Piccadilly ein. Sie winkten, bis sie vollends verschwunden war, und gingen dann langsam ins Haus zurück. Sie fühlten sich verlassen und niedergeschlagen. Jetzt hieß es, Betten lüften und Schonbezüge auspacken und die Möbel abdecken.

Und dann würden sie ein Stoßgebet zum Himmel schicken, wie sie es am Ende jeder Saison taten:

»Hab Dank, Herr, für den Mieter dieser Saison. Bitte, schicke uns auch einen für die nächste.«